U0554151

英国散文名篇选
约翰·康斯特勃
（John Constable，1776 — 1837 年）
斯陶尔山谷和戴德汉教堂
（Stour Valley and Dedham Church，1815 年）

约瑟夫·马洛德·威廉·透纳
（Joseph Mallord William Turner，1775—1851年）

常青藤桥，德文郡
（Ivy Bridge, Devonshire，1813年）

英国散文名篇选

王佐良/编

人民文学出版社

出版说明

本书为王佐良先生早年编译的一部英国散文选集。全书以时间为轴，对英国不同时代的散文名作加以梳理，涵盖十六世纪的史学类散文，十七世纪的随笔、人物特写，十八世纪的期刊论说和政论文，十九世纪的小品文和历史著作，二十世纪的文论、游记、科普文等，内容广博丰盈，文风平易而不平淡，既言之有物又言而有文。所选作品的创作时间跨度逾四百年，纵览英国散文文体由始至盛的流变轨迹。

王佐良先生是当代英美文学研究大家，在诗歌、散文、翻译领域都有着深厚造诣。书中篇目多为王公所译，译笔凝练，精准隽美，同时重视原作者风格的再现与传达。考虑到原作年代距今久远，编者不仅在文前加入导言与评析，还对文中重难点做出相应注解。从这些评注文字中，亦可窥见王公深厚的文学修养与极高的审美洞见。

本选集最早于上世纪九十年代初出版，原名《并非舞文弄墨——英国散文名篇新选》，意指此书所选篇目，皆来自实干家之手，清楚有力，并非一味炫技之作。该书自发行以来即深受读者欢迎，已成为英国文学译作中的经典，但因印数较少，久未重印，目前书市中已近绝迹。有鉴于此，我社决定再版此书，使此上佳选本得以重现。考虑到初版面世已久，且原书名个人色彩稍强，经商榷，此版在副题基础上更名为《英国散文名篇选》。书中有少量人名地名的翻译与今日通行的译法有所差别，因皆为音译且译名后多标注英文原文，不致造成歧义，故而保留了早年翻译的原貌。

在新版出版之际，感谢王公家人对我们的信任与支持，其中特别感谢为此书再版做出诸多贡献的王星女士，并致以深切怀念。也希望这部全新设计、历久弥新的《英国散文名篇选》，能获得广大读者的认可与喜爱。

人民文学出版社编辑部

2023年5月

序

这本小书名曰“新选”[1]无非是因为它是最近编选的，并无蓝本。其次，编者对散文取其广义，各类都有，不限于小品文。每类也不求完备，只选我个人认为或从内容或从写法有可读之处的文章，往往不是全文而是比较精彩的段落，甚至片言只语。因此，它可以说是一个编者个人色彩较浓的选本。

总共选入作家三十人，按时代先后排列。每个时代的散文特点，多少有点反映。以体裁论，十七世纪的随笔、人物特写、席上谈，十八世纪的期刊论说文和政论文，十九世纪的小品文和历史著作，二十世纪的文论、游记、科普文都备一格。以风格论，平易是主流，但也有十七世

---

① 关于书名的变更，详见“出版说明”。

纪勃朗的巴洛克体，十八世纪约翰逊的对仗体，十九世纪浪漫派的诸种姿态（卡莱尔的高昂体实是浪漫派的余流），到了二十世纪中期以后又兴起了广播体，也都包括在内。

体裁多、风格各异正是散文的力量所在。这就回到了上面说的广义的散文问题。文章凡不是用韵文写的，我都一律看作散文。散文首先是实用的，能够在社会和个人生活中办各种实事：报告一个消息，谈一个问题，出张公告，写个便条，写信，写日记，进行政治辩论或学术讨论，写各种各样的书，等等。当然，它还可以在文艺创作的广大园地上尽情驰骋。要紧的，我以为是两者之间要通气，要互相增益，要将办事的实际本领同想象力的探索结合起来。这样，散文的总体质量也就可以提高。文艺家的佳作是值得珍惜的，但我们也常看到各行各业的实干家写一手好文章，有时比文章家写得更令人爱读。这当中有内容因素——这些实干家总是言之有物，而且能言常人所不知的新事物——但也有语言因素，即他们不喜欢舞文弄墨，却能运用一种平易、清楚而有力的语言。就在我们这个小小选本里也可以看到，英国散文的历代英雄不是纯粹的文章家，而是狄福（Defoe）、斯威夫特（Swift）、科贝特

（Cobbett）、萧伯纳（Shaw）等实干家兼文章家。

正文之后另有附录两篇，一谈流变，一谈现状，曾在别处发表过，一并放在这里。供读者参考。

译文多出我手，但也有请朋友提供的，都在篇后注明。有了他们的帮助，才使这个选集能够较快成书。我谨在此表示感谢。其中杨周翰兄已经作古，并志怀念。

希望此书能给我国喜欢散文的读者一点阅读的愉快。对书中选材不当、立论不妥、翻译有错之处，也请读者不吝指教。

王佐良

1991年12月

目录

汤玛斯·莫尔（1478—1535）

莫尔（Sir Thomas More）生在十六世纪，是英国文艺复兴运动中的主要人物，写了影响深远的《乌托邦》（1516）一书，这是尽人皆知的。

人所不尽知的是：他也是英文散文的高手，而且是“发展出一种有力的散文的第一个英国人”[①]。《乌托邦》按照十六世纪欧洲学术著作的通例，是用拉丁文写的；但是他也用英文写作，作品中最有名的是《理查三世史》（1543）。

学者们认为这部史学著作是“一个精心设计、细心完成的整体，其中各部分比例恰当，丝毫不爽”。而其中所用的英文散文则有一种可贵的新风格：“既善辩论，又善叙

① R.W. 钱伯斯：《英国散文的连续性》，伦敦，1932，第 IV 页。

述，能够构筑有持续说服力的段落，又能迅捷地开展对话，时而活泼，口语化，时而精雕细刻，甚至近乎绮丽。……莫尔是第一个能满足十六世纪英国一切要求的散文风格的人。”①

这里选译的是《理查三世史》中的一个片段，是关于前国王爱德华四世的情妇琪恩·肖厄的。

这是一段出色的文章，有清楚的叙述，但又不是纯叙述，而含有评论以至讽刺，例如讲当时还称“护国公”的理查三世的为人和用心时就很明显。细节的生动和戏剧化是另一特色，读者很难忘记琪恩游街的情景。作者对这个女人是充满同情的，写她与一般得宠的国王情妇不同，不仗势欺人，常以助人为乐，并且着重写她的美，通过今昔对比而更显其美。最后作者还议论一番，表明他写的虽是一个女人，用意却在烘托理查三世的阴险诡诈。换言之，这里有历史，也有史论，都写得有深度——用美人的荣枯同人们对待善恶的态度并提，看出人世沧桑和人情冷暖的变化。

---

① R.W. 钱伯斯:《英国散文的连续性》，伦敦，1932，第 CLXV-CLXVII 页。

莫尔站在近代英文散文发展行列的首位，而所作又是历史。这说明英文散文传统久远，而且范围广阔，其中品种甚多，不限于随笔小品。这正是英文散文的优点之一，它经得起各种实际运用，而在运用中变得更有力也更见文采。

《理查三世史》片段：琪恩 · 肖厄
From *The History of King Richard III*: A King’s Mistress

接着，逐渐地，似乎是出于愤怒而不是贪婪，护国公派人去到肖厄的媳妇家里（因为她丈夫并不与她同居），把她所有的财物搜刮一空，价值在三千马克以上，并把她本人投进监狱。然后按章对她进行了审问，说她到处奔走，想迷惑他，又说她同王室大臣合谋想杀害他；等到一看这些罪名无法成立，就恶毒地提出一条她本人无法否认，而且全世界都知道是确有其事的罪名，不过在这时突然地郑重其事地提出只使所有的人听了发笑罢了——这罪名就是她不贞。因此之故，他作为一位有节操、不乱来、洁身无垢的王爷，自命是上天派到这邪恶的世界上来纠正人们的道德的，下令伦敦区主教责成她当众赎罪，方式是让她在星期日手持蜡烛走在十字架前，跟随一队人游街。结果她走在队里，面容娴静，步伐规矩，虽然身上只穿一件宽大的袍子，可是显得十分秀美，连她那原本苍白的双颊也因众人好奇的注视而出现了可爱的赭红，于是她虽顶了可耻的罪名反而赢得群众的赞美，尤其是那些看上了她的身体远过于她的灵魂的人。不喜欢她的行为的良善的人对于罪恶得到纠正是高兴的，但也对她的赎罪感到同情，而不是感到庆幸，因为他们考虑到护国公之所以这样惩罚她并非出自道德感，而是另有卑劣用心的。

这个女人生在伦敦，来往都是体面人物，从小受到良好家教，婚姻也合适，只是嫁得早了一点，丈夫是良善市民，年轻，和气，有钱。但由于他们结婚时她还不成熟，她并不热爱他，对他从无怀恋之心。这可能是一个原因，使她容易在国王引诱她的时候，愿意满足他的胃口。当然，对国王的尊敬，对美丽的衣饰、优裕、愉快的生活和大量钱财的指望也能迅速地穿透一颗温柔多情的心。当国王勾上了她，她丈夫天性良善，懂得怎样对自己有利，不敢碰国王的小老婆一下，马上把她完全让给了国王。国王死后，宫廷大臣收纳了她，其实国王在世之日他早垂涎于她，只是不敢接近，或是出于尊敬，或是由于一种友好的忠诚。她长得标致，白皙，身上无一处不合适，你只愿她长得略高。凡是在她年轻时见过她的人都这样说。当然也有某些人现在看了她（因为她还活着），觉得她绝不可能那样漂亮。我认为这种判断类似把一个死了多年的人从坟墓里挖出头骨，凭它来猜想此人过去是否美丽一样，因为她现在老了，瘦了，干瘪，枯缩了。但就是这样，如果想重构她的面容，还是可以看出只需把某些部分充实一下仍然可以现出美貌。喜欢她的人不仅爱她的美貌，更爱她的愉快的举止。因为她有才智，能读会写，在客人面前显得自在，问什么都有话说，既不一声不响，也不唠叨，有时还不伤和气地开开玩笑。国王常说他有三妾，各有所长：一个最愉快，一个最有心计，一个最虔诚，这最后一个可称是他那王国里最信神的娼妇，因为很难使她离开教堂，除非是为了立刻上他的御床。这三人中两个是有身份的人，但由于谦虚，自愿做无名氏，也放弃别人对她们特长的赞美。最愉快的那位就是肖厄家的媳妇，国王也因这一点特别喜欢她。他有许多女人，但只爱她一个，而说实话（不然即使对魔鬼也是罪孽），她从不用她的影响去害人，而是使许多人得到了安慰或解救。国王不高兴了，她会使他宽解，息怒；某些人失去国王的欢心了，她会使他们得到赦免。有些人的财产快被没收，她能求国王收回成命。最后一点，她帮许多人递过对国王的重要申请，不收任何报酬，或虽收小量也只是为了好玩而不是攒钱，像是她只要能将一件事做好也就心满意足了，或者只为了表明她有能力左右国王，表明有钱的浪荡女人并不都是贪婪的。

我料定会有人说，这个女人无足轻重，不值得浪费笔墨，不该将她夹在国务之间来一起追忆，特别是那些只凭她的现状来估量她的人更会这样想。但是我认为正因为她现在沦为乞丐，无人照料，缺朋少友，她更值得我们追忆。想当年她有钱有势，得国王欢心，帮过多少人办成过事情。许多别的人物也有过得意时候，由于干了坏事反而留名至今。她所做不比这些人少，但因没干多少坏事就被人忘了。人们总是把作恶的人刻在大理石上，而行善的人则反而委名于尘土。这个女人的遭遇就是一个好例子，因为她今天所乞求的活着的人如果当年没有她，则今天乞求的该是他们了。

弗兰西斯·培根（1561—1626）

培根（Francis Bacon）生于1561年，死于1626年。

马克思、恩格斯将培根称作“英国唯物主义的真正始祖”。

在文学方面，培根还提出了改革文风的要求。当时文章家竞起，许多人醉心辞章，不是华而不实，便是言过其实。培根着重学问的实用价值，对于文章也要求言之有物，而且物重于言。实际上，这也正是当时迅速发展中的科学所提出的要求之一：要从事科学著作，必须有一种简朴、准确、能说明具体事物的实用文体。培根的文体观对后来颇有影响。十七世纪后半期英国皇家学会所揭示的写作标准，就是要使用“一种像数学一样朴素”的文体，而在一般文学写作里朴素的实用文体也终于成为主流，适应了——同时也推进了——报纸杂志的普及和近代小说的兴起。

培根本人喜欢用拉丁文写他认为重要的著作，以为这样才可为全欧洲的学者所知，而且可垂久远。其实他是很会运用本国文字的。有两种风格并存于他的文章中：有时简约，有时繁复。但不论何体，他总以准确达意为目的，文章总是条理分明，论点清楚。他也能雄辩滔滔地谈人类征服自然的前途，这时候他的文笔就不时闪耀着诗情，而且正因为他的文章饱含着智慧，一般是朴素的，诗情一出现，就显得特别美丽。正因如此，他才能做到马克思所说的，使“物质以其诗意的感性光泽对人全身心发出微笑”。诗人雪莱在读到培根的随笔《谈死》的时候，还曾赞叹地说：“培根勋爵是一个诗人。”(《诗之辩护》)

要了解培根，我们还必须一读他的《随笔》(*Essays*)。这是培根在文学方面的主要著作，就最大多数读者说来，他的闻名就是建筑在这本书上的。《随笔》原来在1597年初版，不过包含了十篇极短的摘记式的文章；经过1612年、1625年两次增补扩充，最后也不过收进了五十八篇短文。然而这薄薄的一本小书却十分值得细读。书的对象是当时英国统治阶级的子弟；书的内容是一个通晓人情世故的过来人对他们提出的各种劝导和忠告，目的在于使他们更会“处世”，更易“成功”，谈论到的题目有哲理意味较重的《真理》《死亡》《宗教》《无神论》等一类，有属于伦理道德的《忌》《爱》《复仇》《逆遇》《勇敢》《诡诈》《貌似明智》《利己之聪明》等一类，有直接关系官海浮沉的《高位》《贵族》《帝王》《党争》《叛乱》等一类，有涉及私人生活的《友谊》《父母与子女》《结婚与单身》等一类，还有提出具体事务性指导的《读书》《旅行》《娱乐》《庭园》《营造》等一类。但是不论何类，都不是空洞的议论，而是对于作者心目中的特定读者有实用价值的经验之谈，对于当时社会的了解真是入木三分，充满了独得之见、诛心之论。文章写得十分紧凑简约，初看似乎干燥无味，但是耐心多读几遍，便会发现，就在这些劝世箴言式的小文章中，哲学家培根以他明彻的智慧，像最锐利的小刀那样，熟练地、巧妙地、艺术地解剖着当时的英国社会，他周围的人物以及他自己——英国当权人物的真实的、秘密的图谋和动机。

1. 谈读书
Of Studies

读书足以怡情，足以傅彩，足以长才。其怡情也，最见于独处幽居之时；其傅彩也，最见于高谈阔论之中；其长才也，最见于处世判事之际。练达之士虽能分别处理细事或一一判别枝节，然纵观统筹、全局策划，则舍好学深思者莫属。读书费时过多易惰，文采藻饰太盛则矫，全凭条文断事乃学究故态。读书补天然之不足，经验又补读书之不足，盖天生才干犹如自然花草，读书然后知如何修剪移接；而书中所示，如不以经验范之，则又大而无当。有一技之长者鄙读书，无知者羡读书，唯明智之士用读书，然书并不以用处告人，用书之智不在书中，而在书外，全凭观察得之。读书时不可存心诘难作者，不可尽信书上所言，亦不可只为寻章摘句，而应推敲细思。书有可浅尝者，有可吞食者，少数则须咀嚼消化。换言之，有只须读其部分者，有只须大体涉猎者，少数则须全读，读时须全神贯注，孜孜不倦。书亦可请人代读，取其所作摘要，但只限题材较次或价值不高者，否则书经提炼犹如水经蒸馏，淡而无味矣。

读书使人充实，讨论使人机智，笔记使人准确。因此不常作笔记者须记忆特强，不常讨论者须天生聪颖，不常读书者须欺世有术，始能无知而显有知。读史使人明智，读诗使人灵秀，数学使人周密，科学使人深刻，伦理学使人庄重，逻辑修辞之学使人善辩：凡有所学，皆成性格。人之才智但有滞碍，无不可读适当之书使之顺畅，一如身体百病，皆可借相宜之运动除之。滚球利睾肾，射箭利胸肺，漫步利肠胃，骑术利头脑，诸如此类。如智力不集中，可令读数学，盖演题须全神贯注，稍有分散即须重演；如不能辩异，可令读经院哲学，盖是辈皆吹毛求疵之人；如不善求同，不善以一物阐证另一物，可令读律师之案卷。如此头脑中凡有缺陷，皆有特药可医。

2. 谈　美
Of Beauty

德行犹如宝石，朴素最美；其于人也：则有德者但须形体悦目，不必面貌俊秀，与其貌美，不若气度恢宏。人不尽知：绝色无大德也；一如自然劳碌终日，但求无过，而无力制成上品。因此美男子有才而无壮志，重行而不重德。但亦不尽然。罗马大帝奥古斯提与泰特思，法王菲律浦，英王爱德华四世，古雅典之亚西拜提斯，波斯之伊斯迈帝，皆有宏图壮志而又为当时最美之人也。美不在颜色艳丽而在面目端正，又不尽在面目端正而在举止文雅合度。美之极致，非图画所能表，乍见所能识。举凡最美之人，其部位比例，必有异于常人之处。阿贝尔与杜勒皆画家也，其画人像也，一则按照几何学之比例，一则集众脸形之长于一身，二者谁更不智，实难断言，窃以为此等画像除画家本人外，恐无人喜爱也。余不否认画像之美可以超绝尘寰，但此美必为神笔，而非可依规矩得之者，乐师之谱成名曲亦莫不皆然。人面如逐部细察，往往一无是处，观其整体则光彩夺目。美之要素既在于举止，则年长美过年少亦无足怪。古人云："美者秋日亦美。"年少而著美名，率由宽假，盖鉴其年事之少，而补其形体之不足也。美者犹如夏日蔬果，易腐难存；要之，年少而美者常无行，年长而美者不免面有惭色。虽然，但须托体得人，则德行因美而益彰，恶行见美而愈愧。

3. 谈高位
Of Great Place

居高位者乃三重之仆役：帝王或国家之臣，荣名之奴，事业之婢也。因此不论其人身、行动、时间，皆无自由可言。追逐权力，而失自由，有治人之权，而无律己之力，此种欲望诚可怪也。历尽艰难始登高位，含辛茹苦，唯得更大辛苦，有时事且卑劣，因此须做尽不光荣之事，方能达光荣之位。既登高位，立足难稳，稍一倾侧，即有倒地之虞，至少亦晦暗无光，言之可悲。古人云："既已非当年之盛，又何必贪生？"殊不知人居高位，欲退不能，能退之际亦不愿退，甚至年老多病，理应隐居，亦不甘寂寞，犹如老迈商人仍长倚店门独坐，徒令人笑其老不死而已。显达之士率需藉助他人观感，方信自己幸福，而无切身之感，从人之所见，世之所羡，乃人云亦云，认为幸福，其实心中往往不以为然；盖权贵虽最不勇于认过，却最多愁善感也。凡人一经显贵，待己亦成陌路，因事务纠缠，对本人身心健康，亦无暇顾及矣，诚如古人所言："悲哉斯人之死也，举世皆知其为人，而独无自知之明！"

居高位，可以行善，亦便于作恶。作恶可咒，救之之道首在去作恶之心，次在除作恶之力；而行善之权，则为求高位者所应得，盖仅有善心，虽为上帝嘉许，而凡人视之，不过一场好梦耳，唯见之于行始有助于世，而行则非有权力高位不可，犹如作战必据险要也。

行动之目的在建功立业；休息之慰藉在自知功业有成。盖人既分享上帝所造之胜景，自亦应分享上帝所订之休息。《圣经》不云乎："上帝回顾其手创万物，无不美好"，于是而有安息日。

执行职权之初，宜将最好先例置诸座右，有无数箴言，可资借镜。稍后应以己为例，严加审查，是否已不如初。前任失败之例，亦不可忽，非为揭人之短，显己之能，以其可作前车之鉴也。因此凡有兴革，不宜大事夸耀，亦不可耻笑古人，但须反求诸己，不独循陈规，而且创先例也。凡事须追本溯源，以见由盛及衰之道。然施政定策，则古今皆须征询：古者何事最好，今者何事最宜。

施政须力求正规，俾众知所遵循，然不可过严过死；本人如有越轨，必须善为解释。本位之职权不可让，管辖之界限则不必问，应在不动声色中操实权，忌在大庭广众间争名分。下级之权，亦应维护，与其事事干预，不如遥控总领，更见尊荣。凡有就分内之事进言献策者，应予欢迎，并加鼓励；报告实况之人，不得视为好事，加以驱逐，而应善为接待。

掌权之弊有四，曰：拖，贪，暴，圆。

拖者拖延也，为免此弊，应开门纳客，接见及时，办案快速，非不得已不可数事混杂。

贪者贪污也，为除此弊，既要束住本人及仆从之手不接，亦须束住来客之手不送，为此不仅应廉洁自持，且须以廉洁示人，尤须明白弃绝贿行。罪行固须免，嫌疑更应防。性情不定之人有明显之改变，而无明显之原因，最易涉贪污之嫌。因此意见与行动苟有更改，必须清楚说明，当众宣告，同时解释所以变化之理由，决不可暗中为之。如有仆从稔友为主人亲信，其受器重也别无正当理由，则世人往往疑为秘密贪污之捷径。

粗暴引起不满，其实完全可免。严厉仅产生畏惧，粗暴则造成仇恨。即使上官申斥，亦宜出之以严肃，而不应恶语伤人。

至于圆通，其害过于纳贿，因贿赂仅偶尔发生，如有求必应，看人行事，则积习难返矣。所罗门曾云：“对权贵另眼看待实非善事，盖此等人能为一两米而作恶也。”

旨哉古人之言：“一登高位，面目毕露。”或更见有德，或更显无行。罗马史家戴西特斯论罗马大帝盖巴曰：“如未登基，则人皆以为明主也”；其论维斯帕西安则曰：“成王霸之业而更有德，皇帝中无第二人矣。”以上一则指治国之才，一则指道德情操。尊荣而不易其操，反增其德，斯为忠诚仁厚之确征。夫尊荣者，道德之高位也：自然界中，万物不得其所，皆狂奔突撞，既达其位，则沉静自安；道德亦然，有志未酬则狂，当权问政则静。一切腾达，无不须循小梯盘旋而上。如朝有朋党，则在上升之际，不妨与一派结交；既登之后，则须稳立其中，不偏不倚。对于前任政绩，宜持论平允，多加体谅，否则，本人卸职后亦须清还欠债，无所逃也。如有同僚，应恭敬相处，宁可移樽就教，出人意外，不可人有所待，反而拒之。与人闲谈，或有客私访，不可过于矜持，或时刻不忘尊贵，宁可听人如是说：“当其坐堂议政时，判若两人矣。”

4. 谈真理
Of Truth

真理何物？皮拉多笑而问曰，未待人答，不顾而去。确有见异思迁之徒，以持见不变为束缚，而标榜思想与行动之自由意志。先哲一派曾持此见，虽已逝去，尚有二三散漫书生依附旧说，唯精力已大不如古人矣。固然，真理费力难求，求得之后不免限制思想，唯人之爱伪非坐此一因，盖由其天性中原有爱伪之劣念耳。希腊晚期学人审问此事，不解人为何喜爱伪说，既不能从中得乐，如诗人然，又不能从中获利，如商人然，则唯有爱伪之本体而已。余亦难言究竟，唯思真理犹如白日无遮之光，直照人世之歌舞庆典，不如烛光掩映，反能显其堂皇之美。真理之价，有似珍珠，白昼最见其长，而不如钻石，弱光始露其妙。言中有伪，常能更增其趣。盖人心如尽去其空论、妄念、误断、怪想，则仅余一萎缩之囊，囊中尽装怨声呻吟之类，本人见之亦不乐矣！事实如此，谁复疑之？昔有长老厉责诗歌，称之为魔鬼之酒，即因其扩展幻想，实则仅得伪之一影耳。为害最烈者并非飘略人心之伪，而系滞留人心之伪，前已言及。然不论人在堕落时有几许误断妄念，真理仍为人性之至善。盖真理者，唯真理始能判之，其所教者为求真理，即对之爱慕；为知真理，即得之于心；为信真理，即用之为乐。上帝创世时首创感觉之光，末创理智之光，此后安息而显圣灵。先以光照物质，分别混沌；次以光照人面，对其所选之人面更常耀不灭。古有诗人[①]信非崇高，言则美善，曾有妙语云：“立岸上见浪催船行，一乐也；立城堡孔后看战斗进退，一乐也；然皆不足以比身居真理高地之乐也；真理之峰高不可及，可吸纯洁之气，可瞰谷下侧行、瞭徨、迷雾、风暴之变。”景象如此，但须临之以怜世之心，而不可妄自尊大也。人心果能行爱心，安天命，运转于真理之轴上，诚为世上天国矣。

如自神学哲学之真理转论社会事务，则人无论遵守与否，皆识一点，即公开正直之行为人性之荣，如掺伪则如金银币中掺杂，用时纵然方便，其值大贬矣。盖此类歪斜之行唯毒蛇始为，因其无公行之足，唯有暗爬之腹也。恶行之中，令人蒙羞最大者莫过于虚伪背信。谎言之为奇耻大辱也，蒙田探索其理，曾云：“如深究此事，指人说谎犹言此人对上帝勇而对人怯也，盖说谎者敢于面对上帝，而畏避世人。”[②]善哉此言。虚伪背信之恶，最有力之指责莫过于称之为向上帝鸣最后警钟，请来裁判无数世代之人，盖《圣经》

① 指鲁克利修斯，属伊壁鸠鲁派，即所谓享乐主义派。

② 《蒙田散文集》2.18。

早已预言，基督降世时，“世上已无信义可言矣”[1]。

5. 谈结婚与独身
Of Marriage and Single Life

夫人之有妻儿也不啻已向命运典质，从此难成大事，无论善恶。兴大业，立大功，往往系未婚无儿者所为，彼辈似已与公众结亲，故爱情产业并以付之。按理而论，有子女者应对未来岁月最为关切，因已将至亲骨肉托付之矣。独身者往往思虑仅及己身，以为未来与己无关。有人则视妻儿为负债。更有贪而愚者，以无儿女为荣，以为如此更可夸其富足。此辈或曾闻人议论，一云此人为大富，另一则云否也，其人有多子负担，其财必损。然独身之原因，最常见者为喜自由，尤其自娱任性之人不耐任何束缚，身上褡带亦视为桎梏。未婚者为最好之友、最好之主、最好之仆，然非最好之臣，因其身轻易遁也，故亡命徒几全未婚。未婚适合教会中人，因如先须注水于家池则无余泽以

① 《路加福音》18.8。

惠人矣。然对法官行政官等则无足轻重，彼辈如收礼贪财，劣仆之害五倍于妻。至于士兵，余尝见将军以渠等妻儿所望激励之，而土耳其人鄙视婚姻，故其士兵更为卑劣。妻儿对人确为一种锻炼。单身者本可心慈过人，因其资财少耗也，实则由于不常触其心肠，反而更为严酷（因而适为审判异端之官）。庄重之人守规不渝，为夫常能爱妻，是故人云优利息斯“爱老妻胜过不朽也”。贞节之妇自恃节操，不免骄纵。欲使妻子守贞从夫，夫须有智；如妻疑夫猜忌，则断难听命矣。妻子者，青年之情妇，中年之伴侣，老年之护士也，故如决心结婚，须善择时。昔有智者答人问何时可婚，曾云：“青年未到时，老年不必矣。”常见恶夫有良妻，是否由于此辈丈夫偶尔和善，更见其可贵，抑或此类妻子以忍耐为美德欤？可确言者，如妻子不顾友朋劝告而自择恶夫，则必尽力弥补前失。

汤玛斯·欧佛伯利（1581—1613）

十七世纪英国出现一种新的文学体裁，叫“性格特写”（character），即专写某一人物类型的短文，每文只一段，寥寥十几行，但独立成篇。由于篇幅不长，作者能在文字上狠下功夫，颇多名言隽语，耐得住咀嚼，是一种受人欢迎的散文体裁。

欧佛伯利（Thomas Overbury）是“性格特写”的主要作者，这里选译他所作二篇。一篇讽刺当时的旅行者，自以为见多识广，装腔作势，就是看不起本国。另一篇写贵族人家的侍女，笔调尖刻，除了揶揄可怜的女仆，也暴露了这类家庭上上下下的糜烂生活。

1. 装腔作势的旅行者
An Affectate Traveller

是会说话的时装架子。他费苦心装滑稽，看见的比懂得的多。他的衣着自夸是法国货或意大利货，他走路的样子像在喊叫，“瞧瞧我哪！”他用脸色对一切表示谴责，喜欢耸肩，耻于讲本国话，或故意咬着舌说。他宁愿噎住说不了话，也不承认啤酒好喝；剔牙是他的主要行为。他宁肯被当作间谍，也不愿人说他不是政治家；他亲切地提大人物的名字，以此维持自己的名声。他宁肯撒谎，也不愿语不惊人，还喜欢单独和人讲话。他的话听起来堂皇，实际上毫无意义；他的孩子必定对他无限崇拜。他总是从大人物那儿来，跟着小人物去。有机会他就炫耀用自己的德行赢得的珠宝（实际是从圣马丁场买的假货）；他要江湖骗子的手法，称这些珠宝价值千金，一会儿却拿去典了几个先令。逢节日他就进王宫，对人行礼却没人先招呼他。晚上他在小酒店里兜揽生意，显得对各种意图和手腕都很熟悉，似乎一切全由他策划。他尊重人的奇特办法是：先把所有要紧事的目的告诉他们，接着就借钱。他讲礼节是为显示礼节低下，不为表示自谦。凡是他得不到的，他都瞧不起；凡是外国，都比他的本国好。他把自己的穷困归咎于时代的无知，却不怨自己无能。话到结尾，他只说半句或一个字，剩下的让人去猜。一句话，他的宗教是时髦，他的肉体和灵魂都受名声支配，他听信多数胜于真理。

2. 侍　女
A Chamber Maid

是太太的女秘书，给太太保管放假牙、假发的梳妆盒。她不是上楼就是下楼，像一把开来开去的抽屉。她的手干燥，可见喜欢浆洗衣服。如果她在老爷床头睡觉，她一脸苍白的病容就会永远消失。她不睡的时候也做噩梦，好像夜里的噩梦还在折磨她。她喜欢住在乡下，要是肚子大了，就把伦敦当作英国最好的蔽护林。格林的传奇她读不够，但她最着迷的还是“骑士镜”的故事。她常下决心要豁出去做女骑士。她要是得了淋病，就让老爷和男仆对半分享，毫不偏袒，好像她用线量好了分给他们一样。男仆是个无赖的皮条客，和她勾结起来抓老爷的辫子。家庭教师答应娶她，但并不真娶。由于轻信，她没少上当，但现在懂得了谨慎。她很喜欢英国的婚姻形式，因为其中没有贞洁方面的条款让女人起誓。她的头脑、身体和衣服像几包松散地捆起来的包裹。她不善辞令，全靠笑声表达意思。她和太太一起消磨时间，想尽办法，仍然百无聊赖。总之，侍女像彩票：二十个里头没一个值钱。

（杨国斌 译）

约翰·韦勃斯特（1578—1632）

韦勃斯特（John Webster）是十七世纪初期的剧作家，以《白魔》与《马尔菲公爵夫人》两剧著称。他有极高的诗才，运用形象尤见特色，却用来写凶杀和通奸之类的事，意境冷森。

这里选译的一篇《挤奶姑娘》也是“性格特写”，过去一个长时期人们以为是欧佛伯利的作品，后来经过学者考证，确定为韦勃斯特所写。最后一句写挤奶姑娘希望死在春天，“那样她的裹尸布上可以摆放许多鲜花”，将死亡同美混合，类似韦勃斯特戏剧诗中的笔法。

一个漂亮、快活的挤奶姑娘
A Fair and Happy Milkmaid

她是一个乡下姑娘，从不打扮自己，却能看人一眼就使所有的美容术失色。她知道美容不过是品德的无言昭告，因此不加注意。她的美德都悄悄地出现在她身上，像是瞒着她偷偷跑来的。她的衣服（也就是她本人）衬里远胜过面子，因为她虽不穿丝绸，却有纯洁为饰，经得起多年使用。她从不因睡眠过多而弄坏容貌和身体；大自然使她懂得：贪睡会使灵魂生锈。所以她清早与女主人的公鸡同起，夜晚与暮归的羊群同息。挤奶的时候，她用手攥着奶头，从这可爱的挤奶机中流出的牛奶便显得格外色纯味香，因为她从不戴抹过杏仁的手套，也不往手上涂香脂，牛奶也就不会变味。她去收割时，金黄的麦穗落到地上吻她的双脚，像是心甘情愿被那只砍倒它们的手捆绑俘虏。她口里的气味是她自己的，一年四季发着六月的气息，像新垛的干草堆传出清香。她因劳动而双手变粗，因怜悯而心肠变软。冬天早黑，她坐在愉快的纺车旁边，对急转的命运之轮唱无畏的歌。她做任何事都娴静大方，似乎不懂也不会做坏，因为她的心总想做好。赶集的时候，她把一年的工钱全部花掉，买衣服只挑合体，不重华贵。花园和蜂箱是她仅有的医生，她却因此更长寿。她敢于一人独行，晚上也放羊出栏，不怕出坏事，因为她对人没有坏心；可是说实话，她也从不孤独，因为总有熟悉的歌、真诚的想法和不长的祈祷词与她做伴，而这些也真顶事，而且不会因引起妄想而减效。最后，连她的梦也都纯洁，不怕告诉别人。不过她却迷信星期五的梦，怕惹谁生气，从不泄露。她就这样生活着，只有一个愿望，那就是她能死在春天，那样她的裹尸布上可以摆放许多鲜花。

（杨国斌 译）

约翰·塞尔登（1584—1654）

塞尔登（John Selden）著述甚多，却只有一部传世，即《燕谈录》（*Table Talk*，1689）。《燕谈录》即《席上谈》，由门徒或友辈记录下来，编成了书，成为散文的一个门类。塞尔登此书就是根据一位叫理查德·弥尔沃德的记录，在他死后才出版的。

出版之后，颇受欢迎。同时代的历史家克莱伦敦勋爵认为塞尔登的学术文章写得晦涩古奥，但“他的谈话却是最清楚不过的”。十八世纪的约翰逊博士认为这本书“超过法国同类著作，比他们任何一部都好”。十九世纪的柯尔律治认为“它比任何一个有灵感的作者写的同样厚的书里有着更多有分量的、金条般的常理”。约翰逊和柯尔律治都是善谈之士，有他们自己的著名的《燕谈录》，而对塞尔登推崇如此。

塞尔登生在十七世纪英国内战时期，经历颇多，对于许多重要问题都有意见。这本《燕谈录》共分 155 个题目，每个题目下列一至十几条言论，都不甚长。

《燕谈录》（1689）选段
From *Table Talk*

〔议会〕

议会党（指清教徒），如果法律对他们有好处，就号召立法；对他们不利，他们就按议会程序拖延；如果又有好处，他们就又号召立法，就像一个人起初要来撒克酒，暖暖身子，随后，太热了，又要来淡酒压压热，后来又要撒克酒，给淡酒加点热，就这样周而复始。

〔国王〕

经文上说“把凯撒的东西还给凯撒”，这话对国王有利，也不利，因为这明明是说有些东西不是凯撒的。教会专爱用这句话，首先是为了拍国王的马屁，然后指出下一句：“把上帝的东西还给上帝”，就是交给教会。

〔宗教〕

我们寻找宗教，就像屠夫寻找屠刀一样，不知屠刀衔在自己嘴里呢。

宗教就像服装的时尚，有的人上衣有褶，有人束腰，有人是素的，但人人都穿上衣；同样，人人有自己的宗教。我们的不同只在花饰上。

宗教论争是永无休止的，因为没有标准，所以此事无法裁决。清教徒说，人们应当用上帝的话衡量他，其实他若说得明白些，他的意思是用他自己的标准去衡量他。此外，他还要我只相信他，整个教会都不可信，虽然教会和他一样都读过上帝的话。一个说东，一个说西，我告诉你，没有一个标准可以结束这场争论。就像两个人滚木球，都用自己的眼睛去裁判，一个说他击中了，一个说我击中了，没有标准，争论就永无休止。本·琼生在《巴托罗缪集市》里写蓝托恩和木偶的对话，就讽刺神学家们的争论[①]。是这

① 见该剧五幕三场。塞尔登不仅与本·琼生有交往，而且为德瑞登（Michael Drayton，1563—1631）描写英国风土的长诗 *Poly-Albion* 的一部分作过注解。他也是汤玛斯·勃朗的朋友。

样，不是这样；是这样，不是这样，彼此争吵了一刻钟。

詹姆斯（一世）王对苍蝇说：“我不是有三个王国么[①]，你为什么非往我眼睛上飞不可呢？”除了宗教，戏院里、爱情里[②]、筵席上，不是还有许多可以胡搅蛮缠的事吗？

〔明智〕

在乱世，聪明人一言不发。你知道，狮子把羊叫来，问她，他是否口臭，羊说“是的”，狮子就把她的傻瓜脑袋咬掉。狮子又把狼叫来问，狼说“不臭”，狮子把他咬成碎块，因为他阿谀。最后狮子把狐狸叫来问，狐狸说：他感冒得很厉害，闻不出来。

〔衡量〕

我们总用自己以为自己有的某些长处去衡量别人。纳施是位诗人，很穷（诗人总是穷的），他看见一位市议员挂着金项链，骑着高头大马，便用不屑的口气对一个同伴说：

① 指英格兰、苏格兰、爱尔兰。

② in love，一作 in law 法律上，也通。

“你看见那家伙了吗？多神气，多了不起？可惜啊，他却作不出一句无韵诗来。”

〔意见〕

古的柏拉图信徒有个很妙的想法：天神位在人类之上，他们有些品德，人类也有，那就是理性、知识，但天神安安静静地循规蹈矩。禽兽位在人类之下，但禽兽也安安静静地过日子。但是人类有一种品质，却是天神和禽兽都没有的，它给人类带来无穷的困扰，是世界上一切混乱的根源，那就是人类的“意见”。

〔圣经〕

《圣经》的英译本是世界上最好的译本，最好地传达了原文的意思，詹姆斯王的译本如此，主教译本[①]也如此。詹姆斯王时期，翻译的方法极好。《圣经》的各部分新交给最精通该部分语言的人去翻（如《经外经》由安德鲁·道恩斯〔Andrew Downs〕译），译者集中在一起，由一人朗读

① *The Bishops' Bible*，1568 年译成。

译文，其余各执一本其他语言的译本，如法、西、意语等。发现有错，就喊停，没有错，就朗读下去。

我若把一本法文书译成英文，我一定按英文习惯翻，而不翻成法文式的英文。Il fait frois，我翻“天冷”，不翻“天作冷”。但《圣经》却是逐字翻成英文的，不照顾英文习惯，保存了希伯来语的习惯说法，例如“他揭示了她的羞耻”，对有学问的人来说，这不成问题，但对普通人来说，我的天，他们会以为是什么呢?

（杨周翰 译）

艾萨克·沃尔顿（1593—1683）

沃尔顿（Izaak Walton）有两部书传世:《垂钓全书》（1653，1655）与《五人传》（1640—1670）。

《垂钓全书》有关于钓各种鱼的知识，包括从别人书里所引，穿插着歌谣和小故事；使人们特别爱读的则是关于河流、河边的旅店、各种人物的描写，清澈的文字犹如清澈的流水，由于采取了对话体而更自然、亲切。

传记共写五人，其中有教士与诗人堂恩、外交家沃顿、神学家胡克等。作者行文清楚，具体，能用生动的事迹写出各人性格的特点，如沃顿的干练，胡克的谦逊，都可在下面选译的段落里看出。

1.《垂钓全书》(1653)选段[①]

From *The Compleat Angler*

……

维：相信我，先生，现在我看得出鲑鱼比雪鲦要难钓得多，因为我耐着性子陪着您两个钟头，却不见一条鱼上钩，不管您的饵是小鱼还是蚯蚓。

劈：大学生，您得更有耐心，否则学不会钓鱼。您说什么来着？已经有了鱼了，好大的一条鲑鱼，只要我不松手，它再游两三个来回就乏了。您瞧它已经不动了，现在我得使巧劲把它甩上岸。请递一下那个小网。好，先生，鱼是我的了，现在您怎么说？是不是完全值得我的劳力和您的耐心呢？

维：没错儿，先生，这是一条漂亮的鲑鱼。咱们把它怎么办？

---

① 此书采用对话形式。对话主要在三人之间进行：劈斯卡托（钓鱼人），维内特（鹰猎者），奥塞卜斯（猎人）。有时也有别人参加，如这里的挤奶女母女。

劈：吃，晚上吃。我们一起回旅店，刚才出门的时候老板娘说了：我弟弟比德传了话来，他晚上也来这里住，还带一个朋友，比德可会钓鱼，也是一个愉快的伴儿。老板娘有两张床，我知道您同我会有那张最好的，我们可以同我弟弟和他的朋友一起玩，说说故事，唱唱民歌，也可以来个轮唱或其他无害的游戏，消磨时光，对上帝和人都无碍。

维：一言为定！先生，我们就去那家旅店，那儿的台布床单都是雪白的，还用熏衣香熏过，我真想躺在喷着香气的床单里。我们马上走吧，先生，因为钓鱼使我又饿了。

劈：不，再等一会儿，大学生，刚才我用蚯蚓作饵，现在我换了小鱼，我们在那边树下待一刻钟，再钓一条，完了就回旅店。您瞧，大学生，那里有鱼，也可能没有。给你一下子，老爷！我钓着你了。呵，是条笨头笨脑的雪鲦。来，把它挂在那柳树枝上。我们走吧。先绕个弯，到那高处的树篱边坐一会儿，等这阵雨过去。这雨下得多柔和，下在丰饶的大地上，使这青翠草地上的好看的花儿更香了。

您瞧，在那棵大山毛榉树下我曾经坐过，在我上次来钓鱼的时候。旁边林子里的鸟似乎在同一个声音进行朋友式的争论，而那声音像是躲在一棵大树的空心里，就在樱草花的山坡顶上。我坐在那里，瞧着银色的河流静静地流向它们聚会的汹涌大海，有时受到树根和石子的阻碍，于是波浪变成了四溅的泡沫。为了消磨时间，我也看那些乖乖的小羊，它们有的在凉快的树荫里跳蹦，有的在愉快的阳光下逗乐，另有一些吮着咩咩叫着的母羊的满胀的奶头。我这样坐着看着，看到的这些和别的景象使我的灵魂完全满足了，使我想起一位诗人曾经说得好：

那时我高扬在大地之上，
尝到了我生下时未曾料到的喜悦。

而等我离开那里，走进下一片田地，我又尝到了第二个喜悦，那就是一位漂亮的挤奶姑娘，她丢开一切顾虑，像夜莺一样地在唱歌。她有一副好嗓子，所唱的柔美的歌是马洛所作，至少已有五十年历史了；她的母亲唱另一支歌相和，是华尔特·劳雷爵士青年时所作。

两支都是老歌，都很好听，我认为远远胜过当前这个爱挑剔的时代流行的所谓强烈诗。快瞧，她们两位又在那里挤奶了，我要把雪鲦鱼送去，请她们为我们再唱那两支歌。

上帝保佑你，老太太，我钓了一阵鱼，现在要去勃利克屋睡觉。鱼钓得多了，我同我朋友吃不完，现在把这条送给你和你女儿，我是从来不卖鱼的。

挤奶女之母：上帝报答您，先生，我们一定高高兴兴地吃这鱼。如果您两个月后再来这里钓鱼，我一定请您喝奶酪酸果酒，坐在新堆的干草顶上喝，我这闺女一边唱她最爱唱的歌。她同我都喜欢钓鱼的先生们，他们全都那样正派，客气，不嚷嚷。这会儿您愿不愿意喝一碗红牛奶？要多少有多少。

劈：不喝了，谢谢你。倒是想请你答应一件事，这对你们母女不费事，而我们会感到受惠，那就是请你女儿唱支歌，八九天前我过这草地的时候她唱过那支歌。

母：请问是哪支歌？是《牧童修胡》，还是《杜尔辛娜午休》，还是《菲力达啐我》，还是《恰维·且司》？

劈：都不是，是你女儿唱第一部、你唱第二部的那支歌。

母：我懂了。这歌第一部是我在青春时期学的，也就是在我女儿现在的年龄；第二部对我现在更适合，是二三年前学的，这时我已尝遍人世的忧虑了。我们一定两部分都唱，尽力唱好，因为我们两个都喜欢钓鱼的先生们。来，女儿，你高高兴兴地为先生们唱第一部，完了我来唱第二部。

挤奶姑娘的歌

与我同居吧，做我的爱人，
我们将品尝一切的欢欣，
凡河谷、平原、森林所能献奉，
或高山大川所能馈赠。

我们将坐在岩石上，
看着牧童们放羊，
小河在我们身边流过，
鸟儿唱起了甜歌。

我将为你铺玫瑰为床，
一千个花束将做你的衣裳，

花冠任你戴，长裙任你拖曳，
裙上绣满了爱神木的绿叶。

最细的羊毛将织你的外袍，
剪自我们最美的羊羔，
无须怕冷，自有衬绒的软靴，
上有纯金的扣结。

芳草和常春藤将编你的腰带，
琥珀为扣，珊瑚作钩，
如果这些乐事使你动心，
与我同居吧，做我的爱人。

你将有银盘盛肉，
天神也吃了快乐，
杯盘全摆在象牙桌上，
每天供你我共尝。

牧童们将在每个五月天的清早，

为使你高兴，又唱又跳，
如果这类趣事使你开心，
与我同居吧，做我的爱人。

维：相信我，先生，这是一支极美的歌，这位良善的姑娘又唱得特别甜蜜。我们的伊丽莎白女王常说，她希望在整个五月变成挤奶姑娘，我看是有道理的，因为那些姑娘们无忧无虑，只是白天唱一整天的甜歌，晚上睡一通夜的好觉。毫无疑问，我们这位良善、天真、秀丽的姑娘也是这样的。让我把欧佛伯利爵士写的挤奶女的愿望转送给她吧，那就是："她愿死在春天，那样她的裹尸布上可以摆放许多鲜花。"①

挤奶女之母相和的歌

如果世界和爱情都年轻，
每个牧童都说话当真，
这些乐事能叫我动心，

① 即本书所收韦勃斯特所写《一个漂亮、快活的挤奶姑娘》末句，见第26页。

我会与你同居，做你的爱人。

但是时光把羊群赶回羊栏，
江河咆哮，岩石冰凉，
这时夜莺闭住了歌喉，
人们也诉苦叫愁。

花儿枯萎，田野漫漫，
听任粗暴的冬天弄玩。
嘴如蜜糖，心如苦艾，
春的幻觉，秋的悲哀。

你的袍、靴、玫瑰的床铺，
你的花冠、长裙、花束，
很快就破裂，枯萎，忘记，
只剩下熟透的愚蠢，烂掉的智理。

你的腰带和常春藤纽，
珊瑚的钩，琥珀的扣，

都不能打动我的心，
来与你同居，做你的爱人。

说什么山珍海味，
更合人的口胃！
虚妄之言！只有上帝所赐，
才是人间饮食。

如果青春长存，爱情繁茂，
欢乐不逝，老年不忧，
那么这类乐事会使我动心，
我就与你同居，做你的爱人。

劈：唱得好，老太太，谢谢你。以后我再送你鱼，还要你再唱歌。来吧，大学生，让姑娘息息吧，别让她唱坏了嗓子。瞧，老板娘来叫我们去吃饭了。怎么，我弟弟比德来了么？

老板娘：来了，还带了一个朋友，他们听说你在这里都很高兴，想看你，也饿了，想吃饭。

2.《沃顿传》（1651）选段

沃顿辞别了大公，取了一个意大利名字，只讲意大利话，一路上为了逃避英国谍报的耳目，避免危险，他取道挪威，前往苏格兰，了解到詹姆斯王在斯德林，于是夤缘国王侍臣伯纳德·林赛，要求火速单独谒国王，对他说，他有要事，受佛罗伦萨大公派遣，仓促离开祖国意大利，来向贵国国主禀报。

林赛报告国王之后，国王听说是位意大利大使，有些吃惊（也带有警惕），便问他的名字叫什么（答说，叫奥克塔维奥·巴尔第），随即约定当晚某刻单独接见。

奥克塔维奥·巴尔第来到了接见厅，侍从要求他把所佩长剑解下（当时意大利人都佩长剑），进到厅里，他发现国王之外，大厅各个角落还有三四位苏格兰大臣远远地站着：他见此情况，便停止了脚步。国王见他停步不前，便叫他不要害怕，尽管把他的信息说出来，左右的人都是可靠的。奥克塔维奥·巴尔第于是就把信件呈上，并用意大利话向国王陈述了来意。国王接过信件，过了一刻，奥克塔维奥·巴尔第走到国王案前，用他本国语向国王耳语道：他是个英国人，请求国王陛下同他密谈，并要求在他逗留苏格兰期间为他保密。国王同意，并当真做到（他停留了约三个月）。在这期间，国王对他感到很满意，奥克塔维奥·巴尔第对苏格兰所能提供的一切也感到满意。他离开苏格兰时，仍然是个地道的意大利人。

他回到佛罗伦萨之后，就向大公作了如实的汇报，并表示感谢，过了几个月，消息传来说伊丽莎白逝世，苏格兰詹姆斯王继位为英格兰王。大公认为，增长智慧的最好办法就是游历与办理事务，而这两方面，沃顿都得到了锻炼，于是劝他立即回英国，去庆贺国王得到了一个更好的新王位，自己也可等候运气送来更好的差事。

詹姆斯王到了英国之后，在女王的旧臣中发现有个爱德华·沃顿爵士，后晋封沃顿勋爵，当时任王室司账，便问道，他可知道有个久居国外的亨利·沃顿？沃顿勋爵回答，他熟知此人，此人就是他的弟弟。国王便问，他此刻在何处，答说在威尼斯，也可能在佛罗伦萨，不过从他最近的来信看，他目前已在巴黎。国王便说，叫他来，他到了英国之后，让他悄悄地来见我。沃顿爵士不免有些惊讶，便问国王，国王是否认得他？国王回答道，在你没有把他带来见我之前，我不能告诉你。

这次谈话之后没有几个月，沃顿勋爵就带着弟弟去觐见国王，国王一见就拥抱他，说，欢迎他这位奥克塔维奥·巴尔第，还说，他是他见到过的最诚实的人，因此也是最善于伪装的人[①]。又说，我看你既不缺学识，又不缺游历和经验，而且我对于你的忠诚和办外交的才能，已经得到过真正的证明，今后，我要在这方面重用你。的确，王在位二十二年的大部分时间都实践了诺言。但此刻，在他把奥克塔维奥·巴尔第打发走之前，恢复了他的旧名亨利·沃顿，并封他为骑士。

（杨周翰 译）

3.《胡克传》(1665) 选段

波恩（Borne）教区距坎特伯雷三英里，在坎特伯雷

① 沃顿有一句名言：“使节是一个派往国外为了国家的利益而扯谎的好人。”

至多佛的大路边。胡克到此一年，他出版的书、他的天真的性格、一生的圣洁，都引起人们的注意。许多人，尤其是学者都特意离开大路来拜访他，因为他们都崇敬他的一生和学识。但是，可怜啊，就像我们的救世主说施洗约翰一样，“他们会看到什么呢？一个穿着紫色细麻布袍的人吗？”当然不是，而是一个默默无闻、与世无争的人，一身粗布长袍或道袍、腰里束着一条带子、中等身材、驼背，他的灵魂和思想却更卑微，他的身体消瘦，但不是因为年龄，而是因为学习和苦修。他满脸小疱，这是由于他不活动、伏案工作的缘故。除了形貌之外，让我再描写一下他的性格和行为。上帝和大自然赐给了他一种羞怯的性情，在他早年，他的学童敢正眼看他，他却不敢正眼看学童，不论在彼时或晚年，他从不肯主动正视他人，他性格温和谦逊，他和教区的副手对谈时，要么两人都戴着帽子，如果对方脱帽，他也一定脱帽。此外，他虽不全盲，但目力极差而近视，他布道时，一开始眼睛注视一处，一直到布道结束，还是盯着那处。他的谦和与微弱的目光也许可以解释为什么他信得过丘奇曼夫人替他择妻，我这解释，读者信不信，有他的自由。[①]

（杨周翰 译）

① 胡克仓促结婚，娶的妻子就像所罗门《箴言》（27、15）里说的悍妇，诟骂起来像“连连滴漏的屋子”，无休无止。

汤玛斯·勃朗（1605—1682）

勃朗（Sir Thomas Browne）是医生，有科学知识，有诗人的想象力，好奇心特强，又受宗教的影响，经常冥想死亡与身后的问题，写有《医生的宗教》（1643）、《流俗的谬误》（1646）、《瓮葬》（1658）、《居鲁士的花园》（1658）等书。

他有许多奇妙的想法，如说："人心是魔鬼住的地方，我有时感到我心里有座地狱：撒旦在我心里坐朝，魔群在我心里复活了。"（《医生的宗教》第1部，51节）又如："时间的鸦片是没有解药的。"（《瓮葬》第5章）这些话的说法也别开生面。

今天人们欣赏他，主要就是由于他的散文风格，即所谓巴洛克。已故学者杨周翰说得好："他的文字形象化（逻辑思考不严密）；想象奇特而突兀，使人惊喜；行文曲折，信笔所至，很像浪漫派（他很受浪漫派的推崇）；他的文字隐晦而多义，又古色古香；他善于用事用典（这与他博学有关）；他的情调幽默、挑逗、微讽。总之，他的散文是具有诗意的散文。”（《十七世纪英国文学》，北京大学出版社，1985，第 153 页）

1.《医生的宗教》（1643）选段
From *Religio Medici*

有的人想到自己多子多孙，就有了勇气，觉得像名垂史册一样可以不朽了，因而能更有耐心地打发死亡。这种想法，认为自己继续活在子孙身上，我认为是一种谬误，但凡有一丝想到来世的人，都不应有这种欲念，他应当有更高尚的要求，应该希望身居天堂，而不是把名字和影子留在地上。因此，我死时，决心和这世界完全诀别，什么纪念碑、史传、墓志铭，我都不放在心上，我不想把我的名字留在任何地方，作为空洞的纪念，只愿把它留在上帝的记录簿上。我还没有玩世不恭到赞成狄俄吉尼斯的遗嘱[①]，我也不完全

① Diogenes，公元前四世纪希腊犬儒派哲人，据勃朗自称“他嘱咐朋友，不要埋葬他，要把他挂起来，手里放一根棍子，好把乌鸦吓跑”。

赞同鲁坎的狂言：

“凡得不到瓮葬的，有苍天覆盖。”[①]

根据我平心静气的判断，正直的愿望，我愿在我祖先的瓮旁安息，争取走那腐烂得最干净的路。我不羡慕乌鸦的体质[②],也不羡慕我们的祖先[③]的漫长而令人厌倦的岁月。星占学如还灵验，我也许可以活过五十岁，现在我还没有看到土星[④]绕完一周，我的脉搏也未跳满三十年，不过除了一个之外，我已看到欧洲所有的君主变成了骨灰，埋在了地下，我已和三位皇帝、四位土耳其苏丹、四位教皇同时生活在一个时代。我觉得我已经活过了头，我对太阳已开始感到厌倦了；在我血气方盛、天狗星[⑤]高照的年月，我曾和“快活”握手言欢，我也可以预言到了老年的恶行；世界经我严格考虑，对我来说，只不过是一场梦，一场假

① Lucan，公元前一世纪罗马诗人，引文出自其史诗《法尔萨利亚》7.819。

② 乌鸦以长寿著称。

③ 塞特活了 912 岁，玛士撒拉活了 969 岁，见《创世纪》5。

④ 勃朗生于 10 月 19 日，土星见。土星运行一周约需 30 年，在土星下出生，性格主忧郁、严肃、多思。

⑤ 指盛夏七八月，青年少艾之时。

戏，我们都是里面的干瘪老头和滑稽小丑。(Ⅰ.41)

如果我对我自己做真实的解剖，我可以这样描绘我自己，我的结构是天然符合仁慈的品德的；我的气质广溥，与一切为伍，同情一切。我无反感，或者说怪癖，无论对饮食、情绪、气候，莫不如此。法国人吃蛙、蜗牛和名叫“蛙凳”的菌，犹太人吃蝗虫、蚂蚱，我都不以为怪；我既然生活在他们中间，我也和他们一起吃这些食物，我发现这些食物同样也合我的胃口。从墓园采的青菜也好，从菜园采的青菜也好，我都能消化。面对一条蛇、一只蝎子、一条蜥蜴或一条蝾螈，我不会吃惊；看见一只蟾蜍或一条毒蛇我也不想用石头把它砸死。在我自己身上，我感不到别人所通有的那种“反感”；我对民族间的相互敌对情绪是无动于衷的，我也不带着偏见去看待法国人、意大利人、西班牙人或荷兰人；他们的所作所为若和我的同胞无异，我也同样尊重他们，爱他们，拥抱他们。我出生在第八带[①]，但是我好像生下就能安插到一切地带。我不是一棵植物，离开园子就不能繁茂。一切地方、一切气候对我都

① Climate，自赤道至北极或南极各分二十四带，英国在第八带。

好像是同一个国度；我无论到何处，无论在哪条子午线下，我都在英国[①]。我遇到过沉船，但我不把海或风看成仇敌；我能在一场风暴里学习、游戏或睡眠。总之，我对一切无反感。除了魔鬼以外，如果我说我绝对厌恶或憎恨某某事物，我的良心就指责我说谎；我不会憎恨一件事到不能调和的程度。如果在那些通常被人憎恨的事物中有哪一件是我所鄙视和嘲笑的，那就是理智、美德和宗教的大敌——群；群是一个人数众多的怪物，把它拆散，它像是一个个的人，上帝创造的有理智的人；但把他们掺到一起，就会变成一只巨兽，比那多头的水怪许得拉还要惊人。把他们叫做愚人并没有破坏仁慈的原则；所有宗教作家都给他们起这个称号，经文里所罗门就是这样写下的[②]，我们的信仰也规定要这样相信。在"群"这个名词下，我不仅包括下等的小民，在缙绅行列中也有那么一帮，俨然是平民的首脑，他们和小民一样胡思乱想，脑子里像车轮一样转动着，他们已降到了手艺人一样的水平，虽然由于他们有势有钱，似乎给他们不坚定的信仰。他们的愚妄镀上一层金，稍有

① 李白：不知何处是他乡。

② 《旧约·箴言》1 章 7.22.32 等节。

缓解。但是就像三四个人加在一起算起来有时还抵不过一个自动处于比他们地位低的人一样，同样一大批这类镀金阔佬，对什么是真正有价值的东西一无所知，也抵不过一个地位在他们脚下的孤单的一人。用政治词汇来说吧，世界上有一类不需头衔的贵族，这种人的高贵与尊严是天生的，我们即据此来论定某人与某人同等，另一人则排在他前面，即完全按照品德，完全看他的优点有多杰出。虽然当今时代是腐败的，当今的风气偏颇，因而转向了另一个方向，但是在最早的原始国度里确是那样的，而且今天在正派的、治理完善的、初生的国度里也是那样的，此后它是否会变得腐败，人人能放手聚敛财富，既有自由又有能力去干任何事情，收买任何东西，就不得而知了。（Ⅱ.1）

学者是爱和平的人，他们不携带武器，但他们的舌头却比阿克提乌斯的剃刀还锋利[①]。他们的笔更厉害，比雷声还响；我宁肯忍受大炮的震撼，也不愿忍受一支无情的笔的怒袭，聪明的君主奖掖文学，不仅仅是因为他们热衷学术或敬重诗神，才以宽容的脸色对待学者，而是因为想

① Actius 亦作 Accius，公元前二世纪末罗马诗人，据李维（Livy）《罗马史》，他的剃刀割透了磨刀石，比喻其讽刺的尖锐。

要借学者们的著作垂名千古，并防后人的直笔，因为当他们演完了他们的戏，下台去了，就轮到学者出来，讲述一下从这出戏人们应得到什么教训，给后人开一张清单，哪些是善，哪些是恶。可以肯定地说，历史的编纂，很大一部分是个良心问题；在历史里进行污蔑，并不被人认为是过错；讹误变成了真实，而且以权威的姿态丑化我们的美名，散播到万国和后代。(Ⅱ .3)

（杨周翰 译）

2.《瓮葬》(1658) 选段
From *Hydriotaphia or Urn-Burial*

圆与直线限定了并包住了一切躯体[①]。这代表死的圆加直线必然要结束一切，关闭一切。时间的鸦片是没有解药的。虽然时间短期内可以让你考虑一切；我们的祖先埋葬在我们短暂的记忆里，还对我们说，我们也将埋葬在我们

① 勃朗自注："θ 为死的符号"。按即希腊文 θávatos，死的第一个字母，由圆与直线构成。

后人的记忆里。墓碑能说的实话不过四十年[①]。一代一代过去了，有些树却仍屹立，古老家族活不过三棵橡树。让人们读我们的干巴巴的墓铭，像格鲁特[②]书里的许多铭文那样，希望通过人们对我们的姓名的第一个字母或我们的绰号猜谜而求名垂不朽，希望好古之士研究我们，像对待许多木乃伊那样，给我们取个新名字。这些对一个严肃考虑永恒问题的人来说，即使用的是永恒的语言，也是冷冰冰的慰藉。

世上没有什么是不朽的，除不朽以外，凡是没有始的，可以相信也必无终；其他一切都是依附的存在，处在毁灭的能达到范围之内；不朽是一种不能自我毁灭的必然的本质之属性，是"万能"的最高品类，其体质之强健，即使其本身的力量也不能对它有所损害。但基督教所信仰的不朽[③]足以使一切人间的光荣无能为力，不管死后上天堂还是入地狱，都使留在人间的身名显得可笑。上帝，只有上

---

① 教堂墓地埋葬四十年的尸首掘出，以便葬新死的人。

② Jan Gruter（1560—1627），荷兰学者，任海德尔贝格大学教授，著有《古代铭文集》。

③ 不朽，immortality，其本意"不死"，即死后的生命，死后的名声，译成"不朽"，许多含义未能尽达。

帝能毁灭我们的灵魂，也只有他保证了我们的复活再生，但他又从未直接许诺我们，说我们的躯体或名声将会永存。这里有许多是机会问题，最大胆的奢望也遇到过不幸的挫折；想要长存，看来只不过是想避免被人遗忘的一种微弱的企图而已。但是人是一种高贵的动物，他的骨灰何等华美，他的坟墓何等豪华，生与死都举行庄严的和同样光彩夺目的典礼，不放弃华丽的仪式，来表现他天性的可耻。

生命是纯净的火焰，我们是靠内心的一个看不见的太阳生活着。为满足生命，微小的火就足够了，但死后一片大火还似乎太小，人们为虚荣所驱使，专爱华贵的柴堆，像萨尔达那帕鲁斯那样燃烧[①]，但后人认为这样疯狂地焚烧是愚蠢的，订立了明智的葬律，削减了这种毁灭性的燃烧，举行清醒的葬礼，当然也没有人吝啬到连木柴、沥青、一个哭丧人、一只瓮也不准备。

金字塔、拱门、纪念柱，不过是古人过分虚荣和狂妄自大的表现。而最宏伟的心胸则存在于基督教中，它把骄傲踏在脚下，把野心骑在胯下，怀着谦卑的心追求确实可

---

① Sardanapalus 是尼尼维最后的君主，死于公元前 376 年。据说他死时把整座王宫连同其中的太监、嫔妃、财宝全部烧光，用以殉葬。

靠的永恒，与此相比，其他的所谓永恒只得缩小它们的直径，从最小的角度去看，显得十分寒碜[①]。

虔诚的人是在想到未来而陶醉的心情中度过他们的岁月的，不以今世为意，正如他们不以前世为意一样，但他们是处于浑浑噩噩的状态之中，一切注定都是混沌，他们的前生是黑夜。如果谁有幸真正了解基督教所谓的寂灭、移神、出神、销魂、夫妻之吻、上帝的品味以及进入神荫，他们其实已经在相当程度上预见到了天堂；人世的光荣肯定已成过去，大地对他们来说不过是一堆灰。

要靠持久的纪念碑生存，生存在自己所制的东西里，生存在自己的名姓里，生存在幻象里。古人有这种期望而且从中得到极大的满足，成为他们死后乐土的一部分。但这一切都非真正信仰之道。真正的生就是再度成为我们自己，这不仅是一种希望，而且在高贵的信徒看来也是证据，埋在圣英诺森[②]教堂基地和埋在埃及沙漠里没有区别：准

---

① 勃朗自注："angulus contingentiae，the least of angles." contingency 意为"相接"，又有偶然之意。其他小小的永恒都带有偶然性。

② 自注："在巴黎，此处之尸体腐坏甚速。"而在沙漠中，尸体可以保存很久。

备好，就怎么都行，为能永远存在而欣悦，六尺土地也好，阿德利安陵墓也好，都要感到满意。

（杨周翰 译）

旦尼尔·狄福（1660—1731）

狄福（Daniel Defoe）的《鲁宾逊漂流记》是家喻户晓的，他还写了《摩尔·弗兰德斯》《罗克善娜》等书，都是世界闻名的小说。

但他写小说是在晚年，在此之前他除了做买卖和参加政治活动，还写了大量的政论和报道文章。无论小说或其他作品，凡他所写都有以下特点：1. 他替商人阶级说话，他的口号是“自由与财产”；2. 他是一个现实主义者，尽力如实描写细节，报道见闻；3. 他的散文十分平易，然而平易中自有艺术，因此并不平淡。他善用普通词汇和成语，正是语言中持久少变的部分，读起来同当代英语差不多。

这里选译三则：一则是他的游记，写剑桥市和剑桥大学，对于娱乐场的反对泄露出他这位“不服从国教者”的清教徒根底，而大学是“利之所在”一点又说明商人的见地。从《摩尔·弗兰德斯》选的两则，一则通过女人的口道出当时商人开始得势的社会里妇女地位由金钱来决定，这道理也许古已有之，但语言的愤激则传达了一种新的迫切性；另一则叙说摩尔怎样骗取小女孩的金项链，在小巷深处居然动了杀害她的念头，确实可怕，然而摩尔终于反思过来，穿越一系列的伦敦大巷小巷宛如经历了自己心里的千种思绪，写得既实际——那些街名巷名将使任何在外的伦敦佬怀念故土——又有精神上的深度，最好的现实主义写作应该就是那样的。

1.《英格兰、威尔士纪行》（1724）选段 From *A Tour Through England and Wales*

剑　桥

现在我来到剑桥市和剑桥大学。我说市和大学，因为虽然它们实际上融合一起，各学院和文学馆所散在城各处，甚至混杂在最不像样的屋子之间，特别是桥那边的莫德林学院如此，但所有学院都组合在大学名义之下，而且各自管理，与市混处而与市无关。

大学不仅自有主权，而且还有特权、惯例和管理机构，这一点与市有别。它在国会中自有代表，即议员，市亦如之。

市由市长和市政官来治理，大学则由校长、副校长等管辖。虽然他们的住处混杂难分，他们的权力则不尽然。在有些情况下，副校长可以管到市政，例如在市民房屋中搜寻逾时不归校的学生，驱逐行为不端的女人之类。

由于学院为数不少，住宿的学生众多，市内的商业十分依赖学生，商人们可以说是靠学院为生。这是大学能影响市民的最有效的一途，从而确保市对大学的依赖以至顺从。

我记得几年前有一个酿酒商很有钱，在市里很有人望，但在几件事上反对大学，骂过副校长和几位院长，大学没有申明地位和表示不满的其他办法，于是通过一条内部规定，不许再同这个商人有贸易来往，各学院不得再买他的啤酒，结果如何？这个商人顶了一阵，但当他发现无法使大学收回成命，不得不放弃酿酒厂，如果我记得不错，最后还离开了剑桥市。

因此我说，大学有权，由于它是利之所在。有许多理由使市政当局不敢不从大学，但也有许多理由使大学不同市政当局争执过分；两方都谨慎从事，避免使争论发展到不可收拾的地步。至于一般社会上人，任何爱好学问和学者的人都会觉得这是天下最愉快的地方。它也并不缺乏赏心乐事和高尚交往，只是大学有它的尊严，校院长们深知他们的职责，学生们也懂得他们的规矩，因此不许别的地方常拿来夸耀的罪恶渊薮即娱乐场的存在。

这类娱乐场吸引人的是三样东西：跳舞、赌博、偷情，经常在夜间进行，有时通宵达旦，时间既不合适，又伤风败俗，早为大学明令禁止。所以我说，不许这类娱乐场的存在实是大学全体师生的光荣。

至于这所大学的古老历史，不同学院的沿革和创办人，它们的经费、规则、管理机构和管理人等等，已经有别的作者广泛而清楚地写过了，也不在我这通讯的原来计划之内，所以请读者参阅甘姆登的《英国志》，以及《剑桥古迹》和其他学术著作，自会得到充分的材料。

2.《摩尔·弗兰德斯》(1722) 选段
From *Moll Flanders*

女人的市场价格

“你这话怎么说的，”姐姐说，“这妞儿缺少一样，就等于什么都缺了！因为眼前市场对我们女人不利。如果一个年轻女人有美貌，家世，教养，才智，见地，风度，妇德，每样都好到极点，可是就缺钱，那她就算不上一个人物，不如什么也没有。现在只有钱才能推荐一个女人，男人会搞这套玩意儿，占尽一切便宜。”

摩尔心里的恶鬼

我走过奥台斯门街的时候，看见一个漂亮的小女孩从舞蹈学校出来，独自一人回家。我心里的魔鬼挑起了我的坏心，叫我对这天真的孩子下手。我就同她说话，她喁喁回答我，我握住她的手，牵着她走进一条石子铺的小巷，从那里又进到巴索罗缪围地。孩子说那不是回她家的路，我说是的，亲爱的，我会把你带到家的。孩子戴着一条金项链，我早已看中了，在小巷黑暗的地方我弯下身来，装作是替她系好松了的木鞋，随手把项链摘了下来，孩子一点儿也没觉察。我牵着她再往前走。这时我心里的恶鬼要我在黑巷里把孩子掐死，那里不怕她叫喊——可是这一念头太可怕了，叫我腿都发软了，我让孩子转过身来，说是路走错了。她该走原路回去，孩子也说她自己会走了，于是我穿过巴索罗缪围地，从另一个通道进入朗巷，再走到渣特霍斯方场，进入圣约翰街，接着越过司密斯园，直下乞克巷，进入菲尔德巷，到达荷尔本桥，在那里混入人群，再也不怕给人认出了。就这样，我对大世界作了第二次的进击。

江纳善·斯威夫特（1667—1745）

斯威夫特（Jonathan Swift）是爱尔兰都柏林三一学院的毕业生，有政治抱负，却始终未酬其志，初入世做了远房贵族亲戚的私人秘书。他不甘心久居高级仆人的地位，于是投入英国国会而为教士，参与政治活动，以文才先后为辉格、托雷两党服务，成为名公贵人的座上客，但终于失意回到爱尔兰，以圣·帕特里克大教堂教长终其生。作为一个英国移民的后代，他平时热衷于伦敦上流社会生活，到晚年却成了爱尔兰人民的勇敢的代言人，对英殖民者的剥削和压迫进行了大胆的抨击。而爱尔兰人民也真是爱他；当英国政府悬重赏捉拿《布商的信》这一系列激烈攻击英国暴政的小册子的作者的时候，虽然斯威夫特是执笔者一事也有人知道，却没有一个去告发他。

他的私生活方面也是一个谜团。他的生父是谁？至今仍有疑问。有姑娘爱他，但他不愿同她结婚，终致她伤心而死；他爱另一位姑娘，对她写了最温柔最赤诚的情书，然而几十年下来，也始终没有结婚。他对朋友极为热情、关心，但又是他明白宣告自己憎恨人类；在他的笔下，人类也确是最肮脏、最自私、最卑鄙的野兽，远不及马高贵。

然而这位充满矛盾的人却是十八世纪英国的伟大作家，英国散文发展史上的关键人物。

他是《格利佛游记》的作者，而谁又不曾读过或至少听过大人国、小人国的故事？这是一本适合各类读者的奇书：儿童（主要看头两部故事），历史家（考证当时的朝政），思想家（研究其对文化、科学的态度），左派批评家（摘取其反战反殖民主义的词句），甚至先锋派理论家（把他作为运用奇思幻想的大师、黑色幽默的前驱），如此等等，适足证明这本书内容丰富，雅俗共赏。

但是他还写了大量其他作品：各种辩论文章，期刊杂文，布道文，小品文，公开信，诗。而且无论写什么，总是写得有文采，有独特的风格。

然而他却反对美文，主张写得平易晓畅。他十分注意语言问题，多次写文指摘僻词、难词、俚语、行话、生造的“硬词”等等——例如《致一位新任神职的青年先生的信》。也是在这封信里，他提出了一个关于什么是好的文章风格的有名答案：“把恰当的词放在恰当的位置，这就是风格的真正定义。”

这句话经过后人重复引用，至今不绝，大概是关于风格的最有名的警句了，也许只有法国布封的“风格即人”可比。

拿这个定义付诸实践的，首先是斯威夫特自己。他饱读诗书，但写文不掉书袋，善于运用最平常的词，把它们巧妙地排列、组合而产生各种效果，其最著名的是讽刺，有时明显，有时微妙，例如《一个小小的建议》通篇是一大讽刺，然而有些读者以为这是郑重其事的正式建议。这是因为伴随着讽刺而来的，还有斯威夫特散文的第二个特点，即娓娓动听的说理，像是说得比任何人都周到，都细致，因此他用词虽简单，句子却有很长的，往往要经若干从句、种种说明之后，才图穷匕见，托出了他的真实意思。现举两例，一短一长：

既然神道与人道的结合是我教的重要信条，奇怪的是：有些牧师写文章只有神道，而没有一点人道。

——《零碎题目随想》

至于我本人，在多年劳而无功地提出许多空词、不切实际的意见之后，以为再无成功之望了，幸而想起了这个建议，不但完全是新的，而且有切实的内容，花钱不多，费事不大，靠我们自力就能实行，因此也不会有得罪英格兰的危险。

——《一个小小的建议》

这两例，一例是讽刺教会的不人道，另一例是点出英格兰的压迫和剥削是爱尔兰民生困苦的总根源，都有力地达到了原定的效果，其方法就是把最要紧的话放在最要紧的位置上，在这里就是一个段落的末端。

斯威夫特还有一种功夫，就是运用最平常的比喻来表达深奥、复杂、不易表达的道理。《扫帚把上的沉思》就是一例。用扫帚把来比喻衰落、失势的人，多么恰当，而且无须多加解释，因为扫帚是家家皆有、人人尽知之物。同样，在《格利佛游记》里，他用大头派、小头派来比喻教派，用高跟党、低跟党来比喻政党，也是用了日常生活里尽人皆知的普通东西——鞋跟的高低和鸡蛋的大头小头——来说明这些教派、政党不仅一丘之貉，差别极小，而且为这点小小的差别争论不休，甚至动起武来，又是何等荒谬！

用文雅的、合乎逻辑的语言来揭出当时君王、大臣、贵妇、名学者、献策者种种的荒谬，斯威夫特的散文表现出了十八世纪启蒙主义的理性精神。在“恰当的词放上恰当的位置”的定义背后，便有理性精神：一切要合适，要各就各位，这样才能如实地传达意思。反乎此，便是忸怩作态，便是荒谬。

然而斯威夫特的思想又是十分复杂的。在合理的外壳下有不合理的内心活动，文雅当中有粗野——他对于肮脏的、卑劣的、病态的东西所采取的既厌恶又被吸引的态度在他的作品里留下了印记，他把“牙胡”们写得那样卑污，那样比野兽不如，固是情节所需，但也渲染过分了一点。女性的肉体也是令他又爱又怕的，而他整个对女性的态度也是保护多于尊重。

当然，十八世纪别的文人也有这类心情，这类态度，斯威夫特的不同处在于他的想象力特别机敏，因此所感更深，又有极好的文笔，因此所写造成更深印象。也许正是这理性主义加上他个人非凡的想象力形成了斯威夫特的独特品质，使他能够创造出那样离奇而又完全合理的情景，那样平凡而又引人遐思的比喻，使他能够利用逻辑而又把它颠倒过来（因此扫帚把要头冲下才像人，而格利佛在小人国为巨人而到大人国立刻变为侏儒），使他能够把讽刺提高到那样精粹的艺术从而发挥了前所未有的威力——一句话，使他的散文成为英国文学中持续两百年的骄傲。

1. 扫帚把上的沉思

A Meditation upon a Broom-stick

你看这把扫帚，现在灰溜溜地躺在无人注意的角落，我曾在森林里碰见过，当时它风华正茂，树液充沛，枝叶繁茂。如今变了样，却还有人自作聪明，想靠手艺同大自然竞争，拿来一束枯枝捆在它那已无树液的身上，结果是枉费心机，不过颠倒了它原来的位置，使它枝干朝地，根梢向天，成为一株头冲下的树，归在任何干苦活的脏婆子的手里使用，从此受命运摆布，把别人打扫干净，自己却落得个又脏又臭，而在女仆们手里折腾多次之后，最后只剩下根株了，于是被扔出门外，或者作为引火的柴火烧掉了。

我看到了这一切，不禁兴叹，自言自语一番：人不也是一把扫帚么？当大自然送他入世之初，他是强壮有力的，处于兴旺时期，满头的天生好发；如果比作一株有理性的植物，那就是枝叶齐全。但不久酗酒贪色就像一把斧子砍掉了他的青枝绿叶，只留给他一根枯株。他赶紧求助于人工，戴上了头套，以一束扑满香粉但非他头上所长的假发为荣。要是我们这把扫帚也这样登场，由于把一些别的树条收集到身上而得意扬扬，其实这些条上尽是尘土，即使是最高贵的夫人房里的尘土，我们一定会笑它是如何虚荣吧！我们就是这样偏心的审判官，偏于自己的优点，别人的毛病！

你也许会说，一把扫帚不过标志着一颗头冲下的树而已，那么请问：人又是什么？不也是一个颠倒的动物，他的兽性老骑在理性背上，他的头去了该放他的脚的地方，老在土里趴着，可是尽管有这么多毛病，还自命为天下的改革家，除弊者，申冤者，把手伸进人世间每个藏污纳垢的角落，扫出来一大堆从未暴露过的肮脏，把原来干净的地方弄得尘土满天，肮脏没扫走而自己倒浑身受到了污染；到晚年又变成女人的奴隶，而且是一些最不堪的女人，直到磨得只剩下一支根株，于是像他的扫帚老弟一样，不是给扔出门外，就是拿来生火，供别人取暖了。

2. 零碎题目随想（选段）
Thoughts on Various Subjects

1

我们身上的宗教，足够使彼此相恨，而不够使彼此相爱。

3

如何能期望人类接受劝告，当他们连警告都不肯接受。

9

一个真正的天才出现于世界，可以根据下列现象来判断，即所有的笨蛋勾结起来反对他。

12

人受到社会指责时，有三种对付办法：不屑一辩，对骂，改正。不屑是假的，改正不可能，所以通常采用的是第二法。

14

如果一个人将他对恋爱、政治、宗教、学术之类的意见全部记录下来，从青年直到老年，那么最后将出现一大堆前后不一、互相矛盾的东西。

21

人常被说成是不认识自己的弱点，但恐怕也没有几个人认识自己的长处。这情况有如土地，有的地含有金矿而主人不知。

23

少年之才，在于发明；老年之才，在于判断。值得判断的东西越来越少，判断者也就越来越难讨好。如此变化，贯穿一生。等我们老了，朋友们发现更难于使我们高兴，同时也不在乎我们是否高兴了。

24

没有一个聪明人希望自己变年轻些。

25

即使最好的行为，其动机也不堪细察。人们承认：大多数行为，不论好坏，其原因都可归结为对己之爱。不过有的人因爱己而去使别人高兴，有的人则一心只管自己高兴。这就是德行与恶行之间的大区别。宗教是一切行为的最好动机，但宗教也是爱己的最高范例。

26

世人一旦对我们狠起来了，就会一直狠下去，而且越来越没有顾忌，连表面客气也不讲了，就同嫖客对待妓女一样。

27

怨言是上天得自我们的最大贡物，也是我们祷告中最真诚的部分。

28

许多男人和大多数女人之所以说话流利，是因为他们能说的内容少，能用的词儿也不多。任何人如善于运用语言或有丰富的思想，讲起话来总不免犹豫，因不知选用什么想法或哪个词儿才好，而普通人只有一套想法和一套表达这类想法的词儿，所以总能开口就讲，犹如人们能很快走出一座空的教堂，碰上教堂门口站着一群人就无法快了。

29

人人都想长生，但无人愿意年老。

30

男人喜欢听别人说自己好话，因为他们对自己估价不高；女人则相反。

31

维纳斯，美丽而和善，是主爱的女神：朱诺，可怕的长舌妇，是主婚姻的女神。这两位始终是不共戴天的仇敌。

35

大人、小孩以及别的动物的消遣办法，大多数都是模仿打仗。

37

读到一段文章合我之意，我说：作者写得真好；而不合我意时，我就说：作者大谬。

40

问题：教堂是否除了是死者的寝室，也是生者的宿舍？

41

有时我读书，喜其文章而憎其作者。

42

人做坏事，不令我奇，我奇的是，做了而不害羞。

46

远见是能见不可见的事物的艺术。

47

既然神道与人道的结合是我教的重要信条，奇怪的是：有些牧师写文章只有神道，而没有一点人道。

3. 预拟老年决心
Resolutions When I Come to be Old

不娶年轻老婆。

不同年轻人做伴，除非人家真心要求。

不暴躁，发愣，或多疑。

不嘲笑当今的风气、俏皮话、时装、人物、战争等等。

不亲儿童，或让他们随便接近。

不对同样的人老说同样的故事。

不贪婪。

不可忽略体面、清洁，否则会脏得不堪。

不可对年轻人太严厉，而要谅解他们的蠢事、弱点。

不听不老实的仆人之流搬弄是非的话，更不受他们的影响。

不轻易替人出主意，也不麻烦人，除非人家自己愿意。

要请几个好友告诉我这些决心有哪一条我没遵守或忽略了，在哪一点上，并且立即改正。

不可多言，不要老谈自己。

不夸自己以前如何英俊，如何强壮，如何得到小姐太太们的青睐，种种。

不听谄言，不幻想还会有年轻女人爱自己。要憎恨那些伸手来抓遗产的人[①]。

不可武断，或固执己见。

不可摆出一定会遵守所有这些条文的架子，很可能一条也遵守不了。

① 此句原文为拉丁文。

4.《一个小小的建议》[1] 选段
From *A Modest Proposal*

——为使贫家儿女不致成为其父母与国家的负担，反而于公有益

路过这个伟大的城市，或在乡下旅行的人，常见一种凄惨景象，即街上、路边、屋门外有许多女乞丐，拖着三个、四个或更多的小孩子，衣不蔽体，向行人苦苦讨吃。这些做母亲的本该好好干活谋生，现在却被逼着整天在街上游荡，求人救济她们的可怜的孩子。这些孩子长大了也找不到工作，不是变成小偷，就是离开祖国去西班牙替觊

① 英文中最著称的散文作品之一，至今为学英国文学者所必读。文章的特点在于以献策者的口气郑重其事地提出一个空前残酷的建议，里面数据充实，列举的理由也颇有条理，使人一时难以确定作者的真正用意。当然，事实上，他随处都有提示。用文雅的笔调写如此残酷的想法，正是为了把爱尔兰的惨状最鲜明地公之于众，在这点上斯威夫特是完全成功了。原文颇长，此处仅译部分段落。

觎王位者打仗，或去巴巴多斯岛卖身投靠。

各方人士想必都会同意，在我国目前可悲的状况之下，如许大量儿童，不论手抱、背负或随其父母走路，构成了一个额外的困难问题，因此若有人能提出一个公正、不费钱而又简单易行的办法，能使这些儿童变成国家的健全、有用的成员，则此人必被公众尊为民族的保卫者，值得为他塑像。

……

我在伦敦认识一个见知很广的美国人，他向我担保说：一个奶水充足的健康儿童养到一岁的时候是最鲜美、最滋养、最健康的食物，不论炖、烤、焙、煮都好，也可以用做油煎肉丁或蔬菜肉汤。

现谨建议如下，祈请公众垂鉴。上面所统计的十二万名儿童，两万名可留下传种，其中四分之一可为男性，此数已比牛羊猪豕之类留种为多，理由是上述儿童大多非正式婚姻产物，粗鄙之流亦不重视此点，因此一男可配四女。其余十万名可在一岁时卖给全国有地位、有钱的人，事前切嘱母亲们在最后一月喂足儿童的奶水，让他们长得胖嫩，以便用于宴席。如是友朋小集，一儿可作两菜；家庭自用，则其上下半身都可各作两道好菜，若能调以少量胡椒和盐，则存放四天后煮吃仍佳，冬季尤然。

我曾算过，一个初生儿平均重12磅，一年后如养育得当可增至28磅。

我承认这种食物相当昂贵，因此也就特别适合地主们享用。地主们既已吞下了他们的父母，显然也最有资格吃这些儿童。

……

至于我本人，在多年劳而无功地提出许多空洞不切实际的意见之后，以为再无成功之望了，幸而想到了这个建议，不但完全是新的，而且有切实的内容，花钱不多，费事不大，靠我们自力就能实行，因此不会有得罪英格兰的危险。因为这些商品不能拿来出口，它的肉质太嫩，不宜长期盐腌——虽然我也可以说出一个国家的名字，它是不用加盐也乐于把我们整个民族吃掉的。

我并不固执己见，也愿考虑明智之士的其他建议，只要它们的动机同样纯正，花钱不多，易行，有效。但在提出这类与我的方案相反而效果更好的建议之前，我希望建议者一方能深入考虑两点：第一，现状之下，如何为十万无用的嘴和身子找到吃的穿的？第二，把职业乞丐同实际是乞丐的大部分农民、村民和雇工算在一起，我国现有整整一百万个人形动物，养活他们的费用如作为公债，须交债金总共二百万英镑。我希望那些不喜欢我的建议或另有答案的政治人物，先去问问这些人的父母，是否他们今天会认为是绝大幸事，如果当初在满一岁的时候他们被当作食品用我所写的方式卖掉了，这样也就免得后来不断地受罪，由于地主的压迫，由于在没有金钱或贸易的情况下付不起租金，由于缺乏起码的生活资料，连御寒的衣服与房子也没有，以及以后必然还要落在他们这一类人头上的同样甚至更大的苦难。

我恳切声明：我提议此事，确因必要，绝无半点个人企图，动机只是为了国家的公益，为了增加我国的贸易，安置儿童，救济贫民，同时也给有钱人一点乐趣。我本人并无子女能从中取得分文，盖最幼之儿已经九岁，老妻也早过生育之年了。

5. 致一位新任神职的青年先生的信[1]（选段）
A Letter to a Young Gentleman Lately Enter’d into Holy Orders

先生：

世人对教会所持态度有如目前之际，足下出任神职，此事我初无闻，也不赞成，但今日如再劝君思退，事已太晚，也不合一般做法，所以还是对您的进入人生新境，贡献几点想法吧。

……

同样地，我会感到高兴，如果您能多下一点功夫，学学英语。忽略英语是目下我国学者最普遍的缺点之一。他们似乎完全不知风格为何物，只知一味写下去，语言平板，掺杂着一些我们民族特有的僻词怪句。我也未见有任何人

---

① 这信大部分谈青年人应如何运用语言。斯威夫特关于风格的有名定义即在此出现。他主张写得平易晓畅，反对故作高深，以各种奇怪名词唬人，举了许多实例，很有说服力。而文章本身写得如此清楚、文雅而又有力，实践了“把恰当的词放在恰当的位置”的主张，又从正面提供了优秀散文的典范。

发现或承认他在这方面的不足，更不必说想要纠正了。把恰当的词放在恰当的位置，这就是风格的真正定义。但要详细说明此点，非现在所能做到，不如先谈谈一二个花力不大就可改正的缺点吧。

第一是用费解的名词，女人称之为硬词，略有知识的普通人称之为雅文。在各类神职人员中，特别是年轻一辈之中，没有比这个更普遍、更不可恕，而且毫无必要的毛病了。我曾出于好奇，从一位刚上任的神职人员的一篇布道文里挑出了几百个词，它们的意义一百个听众中也没有一个能懂。我也记不起任何我认识的神职人员中有谁是完全不犯此病的，虽然他们很多人同意我的看法，讨厌这个缺点。我常把自己放在普通人的地位，指出许多词太难或不易解，但他们不承认，原因是这些词对于学者是根本不成问题的。我想年轻的牧师顶好学学有名的福克兰勋爵在他的一篇文章里提出的办法。有一位同他很熟的贵人告诉我，每当他怀疑他用的一个词是否好懂，他总先问他夫人的寝室丫头（而不是那上等侍女，因为后者可能看传奇小说），然后根据她的判断决定取舍。那位大人物认为这一做法应该用于学术论文，我看对于布道文也完全适合，因为连最低微的听众也注意听它，而教民中的半数无论在地位和知识上都未必比得上一个寝室丫头。我不知道事情是如何演变到目前情况的，即许多讲工艺和科学的教授常常最不会向外行人表达他们的意思。一个普通农民用几个字就可以使你了解，例如说："他的脚崴了"，"他的下巴脱了"，而让一个外科大夫来讲，他会用一百个医学名词，但你若不是学医的，仍然莫名其妙。同样的情况，也经常出现在法律、医学以及其他工艺部门。

谈到硬词，我认为神学部门也有，就像科学部门一样，因为我注意到有几位牧师平时虽不喜欢用难解的词，却在他们的布道文里用了大量从宗教论文里找来的词，像是认为我们有责任了解它们。我认为绝无这个责任，而且我敢向最伟大的神学学者挑战，问他有什么上帝或人的法律规定我必须了解"无所不知""无所不在""普遍存在""属性""极乐之景"[1]以及一千个其他在布道里常见的词，或

---

① 这些词的英文原字是：omniscience，omnipresence，ubiquity，attribute，beatifickvision。

要我懂得“不正圆”“特应性”“统一体”[①]之类的词？而且我愿更进一步，提出另外一点，即《圣经》中的许多名词，特别在《保罗福音》部分，也可以审慎地改成更平易的词，除非它们是引文的一部分。

我对此事之所以郑重其辞，是因为这是人们普遍提出的不满，而且提得完全有理。一位神学学者即使面对我国任何教区的最聪明的教民，不论他讲什么，也都可以用一种能使文化最低的人可以听懂的方式来讲的。这个论断必然正确，否则上帝是在要我们做力所不及的事了。逻辑家是否能找到例外姑置不论，我要请任何一位文学家考虑，那些令人迷惑的词当中，是不是二十个里有十九个是可以改得容易些，也就是改成任何常人自然而然地会想起的，可能也是那些爱用硬词的先生们自己也首先想起的一类词呢？

……

有一种怕被人看成学究的心理对青年牧师产生了恶劣影响。因为有此一怕，他们当中很多人就完全忽略了大学

① 它们的英文原字按作者原拼法是：excentrick，idiosyncracy。富于讽刺意味的是，它们后世仍很流行，特别是最后一词，成为政论、哲理文中的常用语。

里的严肃课程，而专注剧本、诗歌和时事小册，为了想使自己能在茶会或咖啡店出现，他们称此为“进行高雅谈话”“认识世界”“研究人而不研究书”。这些本领运用讲坛上，就形成了一种古怪、紧凑、华丽的风格，讲究句调声节之美，而无切题或有意义的内容。我曾以极大的注意力，花了半小时去听一位这样的演讲家，但没有在他的通篇布道文里找到一个我能听得懂——更不必说记得住——的句子。另外还有人为了表示他们所学不限于哲学、科学或古代经典，喜欢用一种赌客的语言来说话，提出“藏牌”“洗牌”“骗住”“哄过”之类的词[①]，这种语言对听的人毫无益处，除非他们已经有过同小偷和骗子交朋友的经验。真如常言说的，可从交友看人，似乎还可以说，可从说话看交了什么样的朋友，无论根据公开演讲或私下谈话都行。

要把我们当中的风格缺陷一一列举，我的话会说不完，所以我就不谈鄙陋、琐碎（往往伴之以虚夸）等方面，当然更不谈潦草、下流之类了。现在只想请你提防两点：一是过多地用乏味的、不必要的形容词，二是特别去找一些

① 这几个词的英文原文是：palming，shuffling，biting，bamboozling。

套话来用，有头脑的听众特别憎厌它们，何况它们也不能像你的天生语言那样清楚地表达你的意思。

虽然如我所言，这个国家里人们没有好好学习我们的英语，但是写文章的毛病并不出在缺乏了解，而十有九次是由于想装门面。只要一个人的思想是清楚的，最恰当的词会马上自动涌上来，他的判断力会告诉他该把它们排成什么秩序，以便使人们最好地理解它们。不用这个方法，则往往是另有企图，如为了显示学问、口才、高雅、关于世界的知识等等。总之，人做任何事如要达到完美，纯朴是必不可少的，特别是在写文章方面。

……

我对于您在讲坛上该如何自处的想法，便于谈的已经都谈了。您在生活里的行为是另外一个方面，我也可以提供看法，如果您赞成我已写的这些，表示愿意多听听的话；如果不是这样，则我已经冒渎您太久了。

我是，先生，

您的深情的朋友与仆人，A.B.

1719—1720 年 1 月 9 日

约瑟夫·艾狄生（1672—1719）

艾狄生（Joseph Addison）是文学家，又是政治家，而在文学方面，不仅写诗、剧本，还写文论和其他散文作品。

他同斯梯尔一起办刊物，特别是后来他独力主持《旁观者》报，确立了英国期刊文章的格调和写法。这种文章即是所谓“期刊论说文”（the periodic essay）。它不同于培根式的随笔，因为它不只发表个人见解，还要报道时事，剖析社会风尚，评论文学艺术；它也不同于后世流行的小品文，因为写景抒情不是它的主要内容。它既叙又议，叙中有议，主要是叙，然而执笔者的个性又是鲜明的。他须是一个见闻广博、趣味高雅而又脾气随和、善与人交的人，文章的风格也要能做到言之有物而又有文的地步，要使中产阶级人士爱读，这样才可增加登这类文章的期刊的销路和影响。

艾狄生有的就是这样的文章风格。约翰逊博士评之为“亲切而不鄙俚，典雅而不炫耀，值得讲究英文风格之士日夜读之”。

《旁观者》报（1711—1712）选段
From *The Spectator*

有人说苏格拉底把哲学从天上拉到了地上人间，我的野心是希望有人说我把哲学引出书房和学校，让它进入俱乐部和会议厅，停留在午茶桌上和咖啡店里。

大约三个月前，有一条消息流传，说是法国国王去世了。我料想此事将使欧洲换上新貌，会引起我们英国咖啡店里各种奇妙议论，也就很想了解一下我们的一些显要的政治人物对它有什么想法。

为了尽量从源头开始，我首先走进圣詹姆士咖啡店，发现整个前厅人声嘈杂，都在谈论政治。坐在门口的人还只是泛泛而谈，越往里走越谈得好，等到走到内厅，更是精彩，那里有一群理论家坐在咖啡壶喷出的香气之中高谈阔论，不到一刻钟，就把整个西班牙皇室打发掉了，又把全部波旁王朝都安置好了。

接着我去到茄尔斯咖啡店，那里法国绅士们在开会讨论他们君王的生死问题。他们当中拥护革新派的人肯定地说，国王已在一周前离开人世，并立即进而谈到他们那些受苦的朋友们将被释放，他们自己也会恢复原来地位。但我发现他们意见并不一致，就照原定计划继续我的行程。

等我走进詹妮·曼咖啡店，我看见一个很神气的年轻人歪戴帽子，向一个同我一起进店的朋友说了这样一番话：杰克，老顽固终于死了，得快干了！机不可失，伙计！直上巴黎！以及诸如此类的深刻意见。

在恰林克劳斯和考文特花园之间，人们的政见没有多少差别。等我走进维尔咖啡店，我听到的议论已经从法国国王之死转到几位诗人了，就是波瓦罗先生、拉辛先生、高乃依先生和另外几位，人们遗憾他们早死了，否则他们定会写出极好的挽诗来哀悼这位伟大的君王和提倡学术的恩主。……

我遇见的第一个人对法王之死表示极大的悲痛，但等他说下去，我发现他悲痛的其实不是法王，而是他在听见消息之前三天已经把他的钱从银行抽走了。这话一说，在场一位纺织品商人——他是这家咖啡店里的预言家，常有一群欣赏者围着他转——叫了几个人来证明他早在一周前就已说过法王确实死了，并且补充说：根据他最近从法国得到的消息，事情不可能不是这样。正当他把这些消息一一报道，并向他的听众作权威性的发言的时候，来了一位绅士，他说方才在盖雷维咖啡店看到刚从法国来的几封信，说国王身体很好，在邮件送出的当天早晨还出去打了猎。一听此话，那位纺织品商人偷偷把挂在身旁衣架上的帽子拿了下来，很窘地回到他的铺子里去了。这一消息使我结束了我的一直进展得顺利的旅行，心里感到满意，由于听到了关于这件大事的许多不同意见，观察到对于同一新闻人们各因本身的兴趣和利益而自然而然地各有看法。

玛·渥·蒙太古（1689—1762）

蒙太古夫人（Lady Mary Wortley Montagu）是才女，又曾做过大使夫人，去过土耳其。这里选译两信都写于她在土耳其时期。

在当时英国人的眼中，土耳其是个非常野蛮落后的国家，蒙太古夫人却有不同凡俗的眼光，对接触到的异国风光抱有浓厚兴趣和同情。在她笔下，骆驼、水牛、土耳其式的房屋都写得栩栩如生，而在致马尔伯爵夫人的信中所描写的那位土耳其美人法婷玛和她天仙般的女儿和侍女，以及她的房屋服饰，又有谁看了不为之神往呢！

蒙太古夫人也写一些诗和散文，但最著名的还是书札。在十八世纪的英国，人们把写信当作一件重要的事。朋友之间通信不但要有内容，还很讲究文字，可又不要失之做作，在这方面蒙太古夫人是杰出的。一位十九世纪评论家贝吉特（Walter Bagehot，1826—1877）曾有过以下一段话：

玛丽·蒙太古夫人擅长书札。她下笔简洁而不做作，是尺牍中的极品。某雄辩家曾说油滑是演说的大忌，对作家说顶少也是如此。有许多人，特别是夫人小姐，能在任何时候写任何长度和任何数目的信。我们不妨说，这样写出来的信是不会好的。无论写哪一体的文章都要先思考一下，要先弄明白究竟打算怎样，才能不走弯路才能一步步前进。另一方面，思考太过却又不利于行文的流畅，尺牍如此，其他文章也无不如此。写时用意太过，一封信读起来就吃力，会变成好句的堆砌，每一句读起来都好，但全篇缺乏生气。记性用得多，悟性用得少，谁读了都有这个感觉，虽然只有别具只眼者才能找到原因。蒙太古夫人深明此理。她以生动而恰到好处的文字来说她想说的话，但避免过分求好，她文字是精练的，但不吃力。

这段话很能道出蒙太古夫人尺牍的妙处。译者也做了些努力，力求对得起原著，到底做到了什么程度则有待于读者来评论了。

1. 致锡索魏特夫人
From *Letters*
To Mrs. T.——（Thistlethwayte）

谨告亲爱的锡索魏特夫人，我已经安全结束了长途旅行。一路上的劳顿听来只使人生厌，且不去提它，只给你说说这里的奇闻逸事。从土耳其写去的信如果没有点新鲜事儿，就会和一旦我回到伦敦后不能有稀罕物儿拿给来访的客人观赏同样使人失望。

和你谈谈什么呢？——你一生没见过骆驼，也许形容一下你会觉得新鲜。不错，我头一次看到也是挺新鲜。过去我看过好几百张骆驼的画，但没有一张真能传神。我要大胆说一句也许是错误的话，因为在我以前从没有人这么说过，但我认为骆驼是鹿的同类，腿、身子和脖子都和鹿一模一样，颜色也非常接近。不错，骆驼比马大得多，也比马高得多，跑得飞快，在彼得瓦雷丁[①]战败之后是骆驼胜过快马头一个把战败的消息带到贝尔格莱德的。它们从来不能彻底驯服，赶骆驼的要用结实的绳子五十个一串把它们拴起来，然后自己骑在一头驴上领着走。我看见过多到三百峰的一支骆驼队。它们驮的重量要比马多三分之一；但背上有个鼓包，往骆驼上装货就成为一门特别的本领。我觉得骆驼非常难看：头长得怪，又小得和身子不相称。它们什么都驮。这里耕地用的水牛，那你也是不熟悉的。水牛比黄牛大些笨些，有短粗的、紧贴在头上向后面弯着长的黑色犄角。人们说牛角磨光后是很好看的。水牛都呈黑色，皮上有非常短的毛，眼睛白色而极小，看上去很怕人。乡下人常把它们的尾巴和额上的毛染成红色，作为一种装饰。

这里的人不用马做苦工，这里的马也不适宜做苦工。这里的马很漂亮也很欢蹦，但一般身子小，也不健壮，就像较冷地区国家的马。它们虽然矫健倒很驯服，跑得也快，又很稳。我有一匹心爱的白马，真是千金不换；一骑上去

① 地名，在现在的南斯拉夫。这里似指 1716 年土耳其人在此地战败的事。

它就那么欢腾，你会觉得我一定胆子非常大才敢骑它；但我和你说，我一生也没骑过这么听话的马。我用的侧鞍[1]这里的人是初次看到，和哥伦布发现美洲的船一样，到处都引人看上两眼。这里有受到某种宗教崇拜的鸟儿，因为这样，繁殖得很多。例如，鸽子因为无邪受到崇拜，而白鹭则据说是每年冬天要去麦加朝圣的。老实说，它们是土耳其政府辖下最快活的臣民，对自己的特殊地位很敏感，常在大街上无忧无虑地闲游，还在人家房子底层做窠。受到这种尊宠的人家是非常高兴，因为普通的土耳其人完全相信这样一来那一整年他们家就不会失火或遭受瘟疫了；我的卧室窗外也有这么一个神圣的鸟巢。

既然谈到了我的卧室，我想把这里的房屋描写一下也会像这里的鸟兽一样，对你是新鲜的。我想你读到过的我国关于土耳其的书里大多说他们的房子是世上最糟糕的建筑物。在这个问题上我可以作权威发言，因为我见过许多；我切实告诉你，事实完全不是那样。我们现在住的是属于苏丹的一座宫殿。我的确认为它建筑形式很美观并且对当

① 当时欧洲妇女骑马用的一种特制的鞍子。骑者侧坐在马上。

地很适合。不错，这里的人们并不热心修饰起他们住宅的外表，房子一般是木制的，我也承认这会产生许多不便，但这不能归罪于人民的审美观念不高而应归罪于政府的办法逼人。一家家主死了，房子就要归苏丹处理，因而谁也不愿多花钱去做不知对自己的家人有没有好处的事。他们只想盖一所宽敞的宅子，足够自己住一辈子就算了，哪怕死后第二年房子就塌也不在乎。

大房子也罢，小房子也罢，都清楚地分为两部分，然后用一条窄甬道连接起来。前一半正面有个大院子，四周围绕着走廊，看起来很舒服。这条走廊通向各间屋子，屋子通常开间很大，有两排窗户，上面一排是花玻璃的。房子一般不超过两层，每层都有走廊。楼梯很宽，一般不多于三十级。这是一家之主住的地方，另一部分叫做“内宅”，是女眷住的地方（“后宫”这个名称只有在苏丹那里才能用）。内宅四周也有廊子，通向花园，所有的窗子都面对那里，房间的数目也和前面一样，但是在色调和家具上都要更活泼精致一些。第二排窗户很低，有点像修道院里那样的栏杆，房间里都铺着波斯地毯，一头高起约二尺（我的房间里两头都是高起来的）。这就叫沙发，那上面铺着更讲究的地毯，在它四周有高达一尺的横榻，依照主人的意愿或富有程度而覆盖着阔绰的丝绸。我屋子里用的是大红材料，镶着金穗子；围绕着它背靠墙放着两圈垫子，头一圈的大些，第二圈的小些；在这上面土耳其人表现出高度的华丽。这些垫子一般是织锦，或者在白缎子上用金线绣出花纹；再没有比它们看来更轻快更美妙的东西了。这种坐垫用起来又方便又舒服，我相信我今后会终身觉得椅子坐上去不舒服的。房间一般较低，我认为这不算毛病；天花板总是木制的，一般嵌着花或画着花。每间屋子有多处可以用折叠门开关，用来做私室我认为比我们的建筑方便。两个窗户之间有小的拱形壁龛可以放盆花或花篮。但是最叫我喜欢的是屋子底层装饰的大理石喷泉，射出多股清水，既使人凉爽舒适，从一层流下到另一层又发出轻快琤琮的声音。有些喷泉十分华丽。每所房子都有澡堂，一般有两三间小屋，铅皮顶，地下铺大理石，有澡盆、水龙头等一切洗冷热水澡的设备。

你也许对我这一套说法感到奇怪，因为和一般旅游者说法大不一样，他们总是爱谈论自己并不知道的事情。只有在性质特异或稀有场合，一位基督徒才会被请进有身份的人家里，而内宅是永远禁止入内的。所以人们只好谈谈房子的外表，而那并不惊人；妇女住屋总盖在后面，让人看不见，从里面看出去也只能看见后花园，而那又是用高墙围起来的。我们的那种花台他们没有，园里种着高大树木，很荫凉宜人，依我看来，景色也很好。在园中间有厅，往往很大，中央经常装饰着喷泉。它有十来磴台阶，四围有金漆格窗爬满了绿藤、素馨和忍冬藤，绿得像一层墙。再外面种上一圈大树，是夫人小姐们游赏的去处，奏乐、刺绣都在那里。在公共花园里有公用的厅，家里没有厅的人就去那里喝咖啡和冰果汁。土耳其人也不是不知道怎么盖永久性建筑的。他们的清真寺用石头建筑，旅店也非常漂亮，许多家占地很大，四周在石拱门下开设商店，穷手艺人住在那里可以不花钱。旅店总连着座清真寺，主体是一座很神气的大厅，可以容三四百人，天井非常宽敞，四周是一间间小屋子，颇像我们的大学。我承认盖这个比造寺院对人们要有意义得多。

这次我已讲得不少了。如果你不喜欢听我谈的这些事，请告诉我你希望我在信里写什么，亲爱的锡索魏特夫人，我是极愿使您高兴的。

1717 年 4 月 1 日于亚得利安诺布尔

2. 致马尔伯爵夫人

To the Countess of——（Mar）.

亲爱的姐姐，上次有船来，我给你和所有在英国和我通信的人写了信，天晓得下次再有机会给你们寄信要等到哪一天；可我还是忍不住要再写，纵然写完的信也许要在我手里留上两个月。老实说，我满脑子都是昨天宴会上的事，不表达一下简直安定不下来。开场白到此为止，请看正文。

宰相夫人请我赴宴，我打扮起来准备赴约时感到十分荣幸，因为过去从未请过基督教徒参加这种宴会。我想要是穿上宰相夫人经常看到的衣着去赴宴会怕满足不了她的好奇心，而无疑她请我赴宴恐怕主要是为了看个稀罕物儿，所以我就依照维也纳宫廷的规矩装扮起来，这比我们英国的可热闹多了。但是我一点没有声张，免得在礼数上发生争执。我坐了一辆土耳其式马车，跟我去的就是一个给我托着拖地长裙的女用人和一个给我做翻译的希腊妇女。在府门外迎接我的是夫人的黑种太监。他十分恭敬地扶我出了车，引我穿过了好几间屋子。两旁排列了宰相夫人的穿着整齐的使女。在内室我看见夫人穿着貂皮褂子坐在坐垫上。她站起来迎我，十分郑重地给我引见了五六位朋友。她面貌端正，看上去有五十来岁。她屋子朴实无华，家具很一般，这使我出乎意料。除了使女穿着整齐、人数众多而外，看不出她有什么奢侈的地方。她猜出了我的心思，于是向我说她年纪不小了，没有心思在不急之务上浪费时间金钱；她钱都花在慈善事业上，此外就是祷告真主了。她说这话一点没有做作，她和她丈夫都十分虔诚。他从不正眼看别的女人，而更特别的是从不受贿，虽然这是他的前任中任何一位也免不了的。他在这件事上对自己十分严格。渥特莱先生送他的礼品他坚决不收，后来说了又说，这是每一位大使上任时对他这种地位的人照例礼数，他才收下了。

吃饭前她对我尽力招待了一番，然后开饭。菜一道一道地上来。也数不清有多少，都是依他们的风味精心烹调的，我以为并不像你许是听人说过的那么糟糕。我很能判断他们饮食的好坏，因为在贝尔格莱德曾在一位土耳其官员家里住过三星期。他天天以自己的大师傅做的佳肴款待。头一周我吃得非常高兴，可我不得不承认，后来我腻了，总想我们的大师傅能做一两样家乡菜吃吃。但是我认为这是习惯问题，很倾向相信如有一位印度人从未吃过这两种菜的，就很可能喜欢他们的烹调。他们口味浓，烧烤用的火也比较大。他们使用不少非常浓烈的香料。他们汤放在最后喝，肉种类之多顶少不下于我们。我很遗憾的是女主人殷勤让菜，我可吃不下许多。最后上的咖啡和香水，这是最高待遇，两个女奴跪着在我的头发上、衣服上和手帕上洒上香水。这个过后，她命令女奴们奏乐跳舞，弹吉他琴，女主人还抱歉地说表演不好，因为她没有注意去训练她们。

我向她致谢。少停了一会儿就起身告辞。我如迎进来那样给送出来。本想立刻回家，但是陪我的那位希腊夫人竭力劝我去拜访帝国的第二要人的夫人，说他应当受到和宰相同等待遇。宰相不过是个空名儿，他才是掌实权的。我在宰相的内宅里待得很乏味，本不想再去另一家，但是她的力劝动摇了我，我也以自己能如此随和而非常高兴。

这一家一切和宰相那里完全不一样。房屋本身就显出一位老年虔诚妇女和一位青年美人儿的不同。那里又干净又漂亮。在大门口有两个黑种太监迎接，带我穿过两边肃立着漂亮侍女的长长甬道。她们发长委地，都整齐地梳着辫子，穿着织银丝的上好薄花丝绸衣服。我恨不得走近些仔细看看，但那是礼节上不允许的，这个念头一会儿就打消了。此时我走进一间大屋子，或者不如说亭子，四面有金漆窗子，大部分敞着。附近种的树投射着宜人的阴影，使阳光不至于恼人。素馨和忍冬藤缠绕着树干，散发出微香。屋子低下去的那一头有座大理石喷泉，喷出清甜的水，落在三四座石盆里，发出悦耳声音。屋顶上画着各种花卉，从金色花篮里垂下来，好像就要落在地上。在三级台阶高的铺着地毯的一只沙发上坐着那位贵人的夫人，靠在绣着花纹的白绫靠垫上；在她脚下坐着两个女孩，大的大约十二岁，美得像天仙，穿着阔绰，浑身珠翠。可是在美丽的法婷玛（这是夫人的名字）身旁谁也不会去看她们。夫人的美貌使我见到的一切美人失色，或者不如说，使在英国或德国被称为美人儿的一切人失色。我不得不承认我从未见过有这样神采照人的，我也想不起在她旁边还有什么别的脸庞会受到人们注意。她站起来迎接我，用她们的方式致敬，把手放在心房上，显得既美妙又高贵无比，这怕是任何一种宫廷教养也不能硬培养出来的。她吩咐拿坐垫给我，有意把我安置在屋角，那是贵宾坐的地方。我不得不说，虽然事先那位希腊夫人已经对我盛赞过她的美貌，但这时我还是惊诧得呆了，一时话也说不出来，只目不转睛地看着她。五官多么匀称！又天生的冰肌玉骨不假修饰！那倾城倾国的一笑！——而她的眼睛呢！——又大又黑，黑中泛着蓝色的柔光！何况面庞儿转处又显出那千种仪态！

开头的惊诧过去之后，我就仔细琢磨了一下，看看她面貌上有无缺陷，但毫无结果，反而使我坚信通常的那种看法，以为一张十分匀称、非常美丽的面庞儿会不惹人爱是错误的。老天爷为她采集了最整齐的五官来形成一副完美无缺的面貌，比传闻中的亚倍利斯想做到的成功多了。在这一切之外又加上文雅亲切的举止，神情自若，仪容高贵，可又不带一点僵硬或做作，使我深信，假如把她一下子送到欧洲最高雅的王位上，谁也不会怀疑她不是生来就被教养去当王后的，虽然教育她的国家被我们称作野蛮。

总之，我们英国最有名的美女在她旁边也会黯然无光。

她穿一件绣银花的金色织锦半长缎袍，十分合身，使在轻纱衬衣笼罩下的胸部显得更为动人。她的长裤是暗粉色的，紧身马甲银绿相间，鞋是白缎子的，绣着精致的花；美丽的双臂上笼着钻石手镯，宽宽的腰带上也镶着钻石；她头上束着淡红和银白相间的土耳其头巾，漆黑的头发，鬈曲着长长拖下来，在头的一边插着几支镶珠宝的簪子。写到这里，我怕你会以为我在夸张其词。我记得在哪里读到过，说女人谈起美来总是兴高采烈。我不能想象为什么不允许她们这样做。我颇以为能不夹杂欲望和嫉妒地赞美还是一种美德呢。最严肃的作家常常热烈地谈论名画或雕刻。上帝的艺能当然比起凡人的稚弱想象力要高得多，我以为更应当受到我们颂扬。就我来说，我毫不感到不好意思承认我看到天仙般的法婷玛所得到的乐趣决不下于看到任何美妙的雕像。

她告诉我，坐在她脚下的两个女孩是她的女儿，虽然她年轻得不像是她们的妈妈。在沙发下首排列着她漂亮的侍女，有二十来人，使我想起古代图画里的仙女。我想大自然能塑造出这一幅景象也是难能。她做了个手势，叫她们奏乐跳舞。四个侍女马上用乐器奏出轻柔的乐调，一把弦琴，一个吉他，伴上歌声，别人就轮流跳舞。她们跳的舞真是我从未见过的。恐怕再没有比这更艺术或更合适的音乐能引起人的“遐想”的了。音调那么柔和！——动作那样慵懒！——伴上舞中间歇和半开不开的眼！看看几乎要倒地了，然后又以美妙的姿态复苏过来，这使我肯定世上最心硬和最古板的女人看见了她们也未免要想到那桩不好形诸口舌的事儿来。我想你也许看见书上说过土耳其人没有音乐，只有唬人的噪音；可这是那些只听过街头艺人演奏的人说的，其无道理不在一位外国人把英国的音乐只当作是尿泡风笛加弦乐或乱敲乱打之下。你可以相信她们这次奏的音乐伤感气十足；不错，我更喜欢意大利音乐，但这也许是偏好。我认识一位希腊夫人比罗宾逊夫人唱得还好。她两种风格都能表演，可是更喜欢土耳其风格。当然，她们天生有美妙的歌喉，非常耐听。舞跳完了，四个美丽的侍女捧着银香炉进来，在屋里熏上琥珀、芦荟木和其他名香。然后用最细的日本瓷器跪着捧上咖啡，用的是鎏金的银盘子。美丽的法婷玛以最彬彬有礼的方式招待我，称呼我为美丽的女苏丹，并以最好的意愿希望我做她的朋友，并且说可惜不能用我本国的语言接待我。

我告别的时候，两位侍女捧进满满一个银篮子的绣花手绢；她希望我赏脸，挑一条最华丽的，其余的她给了我的侍女和翻译。我告辞出来，送我和迎我的礼节一样，我不禁想这段时间简直是在穆罕默德的天堂里度过的。我看到的一切是多么迷人啊。我不知道你听了觉得怎样，我希望你能分享我的欢乐；因为我愿同姐姐你共享一切。

1717 年 4 月 18 日于亚得利安诺布尔

（周珏良 译）

塞缪尔·约翰逊（1709—1784）

约翰逊（Samuel Johnson）大半生穷困，在伦敦卖文为生，经过长期奋斗才成为文坛上的名人。他有渊博的古典学问，似乎是最尊重欧洲传统的学者，但骨子里却是一个道地的英国佬，对许多问题有新鲜见解，而且待人处世富有人情味。

他写过诗，小说，剧本，传世的更多是散文作品，《英国诗人传》至今读者不绝，所编英语字典则是英语史和词典学上的里程碑。

他的散文以拉丁式风格著称，喜用长字大字，句法讲究对仗。但是读起来却并不板重，一来是因为他能驾驭生硬的形式，使之比较自然，二来是他饱尝过人生苦辛，所写深刻，常有奇笔，也不乏风趣。十九世纪的美学思想家罗斯金说："我珍视他的句子，不是首先因为它们是对称的，而是因为它们是公正的，明确的。”又说，“它们的对称犹如两片天在打着响雷，互相应和。”

这里选译两文，一是约翰逊致一位贵族的信。在约翰逊编字典之初，曾向他请求支持而他对之以冷漠；等到字典快出版了，他却抢先给以好评，并向人示意希望约翰逊能把此书献给他。此信即是约翰逊的回答，在文雅、礼貌的措辞之下坚决地拒绝了他，表示了一个已有独立地位的学者的自傲。

另一篇是约翰逊在所编字典自序的最后部分。对于编写过程中工作的艰辛和感慨写得极为深切，而又始终不忘这一工作关系到英国的荣誉和文化的传播，因而不顾病痛困苦，奋力以赴，终竟全功。对于出版后可能遭遇的批评和挑剔，他也作了既承认又说明成绩的表白，最后归结到亲人和朋友已逝，本人也寂寞孤处，一切毁誉都无所谓了的心情。学术文章而写得这样有真切感情，其拉丁式的风格又使得感情不致太泛滥，这就是绝好的一例。

1. 致切斯特菲尔德爵爷书
（1755 年 2 月 7 日）
Letter to Lord Chesterfield

勋爵大人：

我新近从《世界报》的业主那里得知两篇向公众推荐我编的字典的文章出自爵爷您的手笔。受到您这样的推崇，使我感到荣幸。但是由于我对大人物的垂青很不习惯，因此不知该怎样接受您的好意，也不知该如何措辞来表达谢忱。

当我在受到些许鼓励后首次登门求教时，我和世人一样，对您引人入胜的应接谈吐十分倾倒。我不禁发愿能以炫耀自己成为“征服世界者的征服者”；发愿能够赢得我看到世人竞相争取的您的重视。但我却觉察到我的拜访遭受到如此冷漠的鼓励，以至于自尊和羞怯都不允许我继续向您致敬。一旦我当众人之面向爵爷您致敬求援，我已用尽一个与世无争、不善逢迎的书生所具有的一切求宠本领。我已做了一切在我能力范围内所能做的事。不会有任何人看到自己用尽全力所完成的工作，无论他的工作如何微不足道，遭受怠慢和忽视而感到高兴和得意。

爵爷，自从我守候在您前客厅里，或被拒于您的大门之外以来，七个年头已经过去了。在这期间我经历了说也无益的千辛万苦，把我的工作不断地推向前进。在无一人助我一臂之力，无一人说一句鼓励的话，无一人投我以赞赏的微笑的情况下，我终于把我的工作进行到出版问世的边缘。对这些我也没有抱过期望，因为我从来也没有一位赏识者。

维吉尔诗中的牧童终于认识了爱神，发现他原来是一个出生在荒山岩石堆里的蛮荒野人。

爵爷，难道所谓的赏识者不是这样一个人吗？他看着别人在水里挣扎着求生存而漠不关心，但当那人到达岸边时却以援助相累。爵爷您居然高兴，注意起我的作品来了。您对我的作品所给予的注意，如果来得及时，就会是做了大好事。但是您的注意却姗姗来迟，直到我已无动于衷，对它无法消受；直到我已孑然一身，无法与人共享；直到我已名满京华，对它并不需要。不承任何人之情，不肯让公众认为上帝使我自己完成的工作应归功于任何赏识者，我希望这并不过于愤世嫉俗，过于苛求于人。

既然在受到任何学术奖励者如此少的资助下，我已把我的工作进行到目前的地步，那么我将不会感到失望，纵然在我结束我的工作期间从赏识者那里我将得到比以前更少的资助，如果更少的资助是可能的话。这是因为我早已从希望之梦中醒悟过来，在那种梦想之下我曾一度得意地夸耀自己是爵爷您最卑顺的门下士。

塞缪尔·约翰逊

2.《英语词典序言》选段

From *The Preface to the Dictionary of the English Language*

期望赋给按其本性不能永恒的东西以较长的寿命，我谨把这部词书——多年劳动的结晶——奉献给我国的荣誉，以便使我国人不再把语言科学方面的领先地位，不加竞赛就让给大陆上的国家。每一个民族的主要光荣莫不来自该民族的作家群。我自己能否用自己的作品给英国文学的声誉增添一些分量，那要由时间来决定。我生命当中有一大部分的时间在疾病的压力下丧失掉了；另外一大部分被荒嬉过去了；还有一大部分总是为了筹谋当天的衣食而消耗殆尽。但是，如果借助于我这部辞书，外国人和遥远的后代读者能够接近知识的传播者，能够领会真理的教导者；如果我的劳动成果能够照亮知识的宝库，能够增加培根、胡克、弥尔顿和博伊尔的声誉，那么我将不认为我的工作徒劳无益或无足轻重。

当我受到这一愿望的激励时，我便用满意的眼光来看待我这部不无缺陷的书，并以一位竭尽全力把工作做好的人的精神把它交付给世人。我并没有指望这部书会立即受到读者的欢迎：一些荒唐的错误和可笑的谬论（这是一部如此复杂的著作所难免的），诚然会暂时给愚人提供谈笑的资料，也会使无知之徒横加轻蔑，但是有益的勤奋终于取得胜利，而且世上也绝不会缺少分辨得出真才实学的人士。他们将会认为没有一部记录活语言的词典能够臻于完美，原因是当这部词典匆忙付印之时，一些词正在萌芽、出土，而另一些词则在消亡、废弃之中；他们还会考虑到一个人不可能穷毕生的精力来推敲句法结构和词源出处，即使全力以赴，也仍会感到时间不足；考虑到一个人，他的计划包括语言所能表达的一切事物，必然会论到他并不完全领会的东西；考虑到有时作者过于心急，仓促结束工作，有时在艰巨的工作下由于疲惫而昏晕（这项工作，斯卡理吉比作铁砧上和矿坑里的劳动）；考虑到对于作家来说，一目了然的事物并不就一定知道，知道了的事物并不就一定记得起来；考虑到忽然一阵疏忽会使警惕性措手不及而被俘虏，些许消遣会使注意力分散，头脑一时的蒙蔽会使学问暗淡失色；他们还会考虑到作家需要回忆某一事物之时，往往苦思而不得，而昨日他对此却信手拈来，毫不费力，明天它又不需召唤径自出现在脑海之中。

在这部作品中，当人们可能发现不少遗漏时，请勿忘记成绩也很不小，尽管从来没有读者因爱惜作者而原谅过他的书，尽管世人不愿过问他们所谴责的作品中的过错从何而来，但是我或许能满足具有好奇心理的人们，使他们晓得这部英语词典是在没有学者的帮助，没有大人物给以任何奖励的情况下编写的；这项工作不是在安适、恬静的隐居生活中，或是在学府精舍的荫庇下，而是在艰苦和烦扰当中，在疾病和悲伤当中完成的。我或许可以抑制恶毒的批评者的得意忘形，向他们陈述：如果认为我的书没有展示出我国民族语言的全貌，那么我所没有做到的事，也只不过是直至今日人力从来未能实现的事。如果认为目前已不再变动地固定下来、包罗在仅仅数卷篇幅之内的古代语言的词典，经过历代学者的艰辛努力，仍不完备，仍不可靠；如果认为意大利学院的院士们的集体智慧和协作的努力仍不能保证使他们免遭贝尼的责难；如果认为组成了团体的法国批评家们，在把五十年的岁月倾注在他们的作品上以后，仍不得不改变它的编写原则和计划，而赋给他们的词典的第二版以新的面目，那么如果无人称赞我的词典完美，我也可以安之若素了。即使我能获得别人的称赞，说我的词典编得尽善尽美，在我孤独凄凉的生活当中，这种称赞对我还会有什么好处呢？我的工作一直拖宕到我愿使之欣慰的人们大多数已安息在坟墓之中，成功和失败对我都已无所谓。由于我既不害怕批评，又不盼望称赞，因此我冷淡地、安闲地打发掉我的作品。

（李赋宁 译）

威廉·科贝特（1762—1835）

科贝特（William Cobbett）的名著是《骑马乡行记》。此书并非一气呵成，而是作者在1821—1830年间骑马出游英格兰、苏格兰各地的零星记载，陆续发表在有名的平民报纸《政治纪闻》上，到1830年才汇集出版。作者且行且看且写，到处注意土壤、庄稼、林木和牛羊牧放的情况，到处交朋友，访古迹，问民生疾苦，一到旅店，即将马背所见，疾书成文，夹叙夹议，充满了一种热腾腾的“此时此地”的实感。写法既如此，我们也不妨逐节看下去，不消几节，就会发现一个在别的文学作品里罕见的英国。这英国不以伦敦著称，伦敦在此只是一个“大瘤”；这里所见的是田野，石屋，小酒店，古教堂，丘陵草地，牛栏上、树丛里会唱歌的鸟，“浓得用刀都割不开的”大雾；然而风景虽美，人民却困苦不堪，到处是乞丐，农民住处不如猪圈，吃得不如罪犯，却养肥了一群吃公债和拿干薪的新贵！作者忧国之心如焚，刚刚神往于春天早晨百鸟齐喧的境界，但是想到眼前人事，立刻又恨官僚和商人将英国变成了地狱。当时英国正处在历史的大转折点，法国革命和工业革命的影响激荡不已，反对拿破仑的战争刚打完，工业资本家开始得势，宪章运动的红旗也正在一一竖起，行将成为最叫统治阶级惊恐的声势浩大的群众运动了。《骑马乡行记》的难得之处，正在它用犀利、通俗的文笔，从乡间穷苦人民生活细节着眼，写出了一个富于爆炸性的历史局势。

马克思、恩格斯曾多次在著作里提到科贝特，盛赞他的文章，称许他是“革命者”，同时也指出他思想里的矛盾，特别是他同卡莱尔相似的一点，即“对现代的批判是和颂扬中世纪这种完全违反历史的做法紧密地联系着的”[①]。马克思又在发表于1853年7月20日《纽约每日论坛报》的伦敦通信里专门讨论他，其中有两句为人常引的话十分精辟地总结了他的一生：

威廉·科贝特是……大不列颠的最保守又最激进

① 《马克思恩格斯全集》，人民出版社，第七卷，第301页。

> 的人；他是古老的英国最纯真的化身，同时又是年轻的英国最勇敢的预告者。①

科贝特从小在田里干活，全靠自学成了一个文章能手，著作极多，仅政论就达百卷之多，历史、农业、经济和一般社会问题的书籍和文章也占很大数量，此外还编过字典，写过法语和英语语法，后者是专为农家少年自学用的，能够打破学究旧说，立论与例句都很新颖，至今都颇值一读。科贝特不论写什么，文字都十分吸引人，风格朴质有力，词句明白如话，在十九世纪初浪漫派美文极盛之时，不仅独树一帜，而且杰出地发扬了以十八世纪斯威夫特为代表的平易文体。因此，科贝特的散文在英国文学史上占有重要地位，受到许多读者、作家、文学史家、风格学家的推崇，其中最有代表性也最难得的赞颂来自浪漫派散文大家和卓越的文学批评家赫兹列特：

> 他不仅毫无疑问是当今最坚强有力的政论家，而且

① 《马克思恩格斯全集》，人民出版社，第九卷，第214页。

> 是英文中最好的作家之一。他的文章同他的思想一样，是朴素的，开朗的，直截了当的。我们可以说：他有斯威夫特的明白晓畅，笛福的自然流利，曼特维尔的画笔生彩而意存讽世——如果这类比拟不是不伦不类的话。①

《骑马乡行记》在科贝特的散文中占有特殊地位，是公认的他最好的作品，因为在这里他成功地将山水的美丽同时代的苦难融合在一起，既有随笔小品的情致，又有政论文的锋利，而将二者统一起来的则是科贝特本人坚强的，喷发着土地的芳香的，有点执拗然而对人民是完全忠诚的，有点自负而又十分妩媚可爱的“约翰牛”性格。

1. 马尔勃罗
Marlborogh

1821 年 11 月 6 日，星期二中午

晨九时离欧卜赫斯班，坐马车来此，行程二十英里。

---

① 《闲谈集》中《科贝特先生的性格》篇。

经过河谷，至离村六英里处又入丘陵地带，碧草如茵的坡地向正西及西南方翻滚而去，直达德怀士与索氏贝利二城。丘陵地行约半英里，即见平原，地质亦由硬石而变石灰土。这一带农民生活看来极苦。每一村舍之旁，约有二十处麦堆，尚不计田野中散置者；大块田地皆种麦，每块五十、六十、一百英亩不等。路遇农妇多人等人验收其所割的麦子，她们衣裳褴褛，穿得不如法南姆打草的乞丐，庄稼人在收获季节而情况如此之惨，还是初次见到。其中不乏十分秀美的姑娘，也是满身补丁，脸如死灰。天冷，霜重，这些女孩子的手臂和嘴唇都冻得发紫，任何人见了都要心痛，只有那些卖官鬻爵、买空卖空之徒才会无动于衷。

2. 牛　津

Oxford

勃克莱（汉茨）

1821 年 11 月 18 日，星期日

早起即离牛津，经阿平顿到伊斯莱。当地有语云：

牛津城内，活人反替死者出钱，这正合了庇特[1]的制度！由于在这一点上吃了亏，尚有余痛，我们不敢再在酒店里吃饭了，伊斯莱不停，直向纽贝利进发，早餐就吃昨天剩下的干果，补之重新购的苹果。卖果的是一个穷苦人，他将苹果放在窗口出售。像堂吉诃德一样，我见了干果大有感触，又想起昨夜的账单，于是高声说道："乐哉！乐而又乐，福上加福的黄金时代呵！当时人们饥食地上鲜果，渴饮山中清泉，倦了有叶子铺成的软床可睡；热了有树枝结成的帐子荫盖。快乐的时代呵！那时候要是有两个人走进一间普通马车客人的休息室，吃了不过三便士的东西，也就不会有牛津的酒店老板硬要他们付出'茶二份四先令'，'冷肉一盘十八便士'，'休息室烤火费二先令'，'客铺二张五先令'等等了！"这一番话就算是饭前的祷告吧，说完之后就吃干果和苹果。同堂吉诃德的那次演讲相比，我这番话自有优越之处，因为他吃果子之前已经饱餐了一顿山羊肉，还喝了不少

① 威廉·庇特（1759—1806），法国革命时期英国首相，反法联军的组织者；对内镇压人民，横征暴敛，滥发纸币。

酒，而我们呢，完全是从牛津店老板的早餐桌和熊熊的炉火逃命出来的呀！

一眼看到牛津的许多房屋，据说都是献给所谓“学术”用的，我不免想到待在这些屋子里的懒蜜蜂和这里训练出来的毒黄蜂！但是话得说回来，虽然其中有人颇为恶毒，最大最普遍的特点则是愚蠢：头脑空空，毫无真才实学，所谓“受过教育”的院士们之中，有一半连做杂货店绸缎铺的伙计也不配。

抬头看见一处他们称为“大学讲堂”的地方，我又不禁想到：只要将我从 10 月 29 日离开堪新顿那天起所写的文章拿出来，就比这里大学全体师生在一百年里所写的全部文章都要有用多了，有益多了，而他们一年之中就要吃喝花一百万镑，钱的来源是完全由“大学评议会”支配的租金！于是我不禁高声自语：“站出来吧！你们这些戴大假发整天大鱼大肉的博士们！站出来吧，你们这些教会里的阔佬们！你们教会里的穷人得了每年十万镑的救济金，但这笔钱不是从你们腰包里拿出来的，而是靠收税得来的，其中一部分是劳动者的血汗！站出来，正眼看我吧，在过去十个月里，单凭我一个人，利用空闲时间写作，就向你们的教友布道十万次！[①] 比你们全体在过去五十年里所布的还要多！”

但是我白喊了一顿。由于正是天蒙蒙亮的时候，他们当中怕是一个张眼的也没有。

3. 射　手

A Shooter

叟斯莱

1825 年 10 月 26 日，星期三

我曾认识一个有名的射手，名叫威廉·伊文。他是费拉特尔非亚的律师，但他打官司远不及打枪出名。我们曾一同打猎多日，倒是一对好搭档：我有好猎犬，对于人家说我枪法好坏毫不介意；他的猎犬一无用处，但他珍惜射手的令名则远过律师的声誉。我要在下面叙述一件关于他的事情；它应当成为对年轻人的忠告，叫他们注意不要染

① 原文如此。科贝特出过一个《传道集》，也常常讲道，但此处可能是指其所编《政治纪闻》报的销路。该报最高销数曾到每期六万份，读者几全为劳动人民，往往数人共读一份，因此读者的总数和十个月内报纸的累积数都是十分可观的。

上这类的虚荣恶习。

我们结伴到离家约十英里处去打猎，听说那里鹧鸪很多，到了一看，果然如此。时间是十一月，打了一天，到天黑之前，他打的鹧鸪，连送回家的和装在袋里的，总共九十九只。有几枪他是一箭双雕，但也可能有几枪没有打中，因为隔着树林，有一阵我没有亲眼看到他。不过他说他是百发百中。等我们在农舍吃了晚饭，他擦过了枪，点了点鹧鸪的数目，知道这一天在日落之前，他打下了九十九只，每只都打在翅膀上，多数是在有很多大树的密林里打的。这是一个非凡的成就。可是，不幸得很，他要凑成一百只的数目。太阳已在落山，那地方说黑就黑，像蜡烛突然熄灭，而不是像炉火慢慢消失。我想赶紧回家，因为路不好走，而他这位素来怕老婆的人又早已得到闺中的严令，叫他当夜必须赶回，由于马车是我的，还必须与我同行。因此我劝他快走，并向农舍走去（房子在布克斯郡，是约翰·勃朗老人的，老人是勃朗将军的祖父，将军曾在上次那场“为了逼詹姆士·麦迪孙退位”的战争里给了我们的胡子兵一个迎头痛击[①]）；本来我可以就在那里过

① 指 1812 年的美英战争，当时美国总统是詹姆士·麦迪孙。

夜，可是由于他三生有幸，能在太太的严厉管束下过活，连我也不得不离开了。因此，我就急于上路。可是不！他一定要打下第一百只鹧鸪！我说路不好走，又没有月亮，有种种危险，但他根本不听。被我们惊散了的可怜的鹧鸪正在四周叫唤着；突然之间，有一只从他脚下飞起，当时他正站在有三四英寸高的麦苗的田里，立即开枪，可是没有打中。“好了。”他边说边跑，像是要去拾起那只鹧鸪似的。“什么！”我说，“你该不是说你打中了吧？那鹧鸪不但没死，还在叫呢，就在那树林里！”树林离我们约一百码。他用在这种情况下常用的一类话，一口咬定说他打中了，而且还是亲眼看见鹧鸪落地的；我呢，也用在这种情况下常用的一类话，一口咬定说他没有打中，而且还是我亲眼看见那鹧鸪飞进树林的。一百次里失手一次！这可太严重了！难道就丢掉这样一个名垂不朽的大好机会！他平常是一个和善的人，我也很喜欢他。这时他说：“老兄，我确是打中了。如果你定要走开，而且连狗也要带走，叫我没法找到这只鹧鸪，那么请便吧，狗当然是你的。”这话叫我替他难受，我就用十分温和的口气对他说：“别提狗了——伊文兄，刚才那只鹧鸪是从那边地上起飞的。要是它真的落了地，这样一片平整光滑的绿草地上还能看不见吗？”我说我的，他可已在寻找了，我只得叫了狗来，也装作帮他寻找。这时我已不在乎走夜路的危险，倒是可怜起这个人的毛病来了。在不到二十方码的地上，我们两人眼睛看着地，走了许多来回，寻找着我们彼此都完全明白是根本没有的东西。我们各从一边起始，到中间交叉而过，有一次我走过他之后，恰好回头一看，这一看不打紧，只见他伸手从背后的袋里拿出一只鹧鸪，扔在路上！我不愿戳穿他，赶紧回头，仍然装作到处寻找的样子。果然他一回到刚才扔鹧鸪的地方，就用异常得意的声调向我大叫：“这儿！这儿！快来！”等我走上去，他就用手指点着鹧鸪，同时眼睛紧盯着我，口里说：“你瞧，科贝特！我希望这是对你的忠告，以后万万不要再任性了！”我说：“好，走吧。”这样我们两人就兴高采烈地走了。到了勃朗家里，他把这件公案告诉了他们，得意扬扬地大声拿我取笑。以后他也常常当我的面说起此事。我一直不忍心让他知道：我完全明白一个通情达理的高尚的人怎样在可笑的虚荣心的勾引下，干出了骗人的下流事情。

4. 温泉胜地
A Watering Place

海顿

1826 年 9 月 30 日，星期六晚

华立克夏的爱望河在此处流入色纹河，两河沿岸若干英里水草丰美，前所未见。草地上牛羊成群，沿途不断。看着这景色，这牛羊，心想这些好肉可作多少用途，不禁感到神奇。但是再向前骑八九英里，这神奇之感就破灭了；原来我们已到达一个毒瘤似的害人地方，名叫却尔特能，所谓温泉胜地是也。这地方充满了东印度的劫掠者，西印度的奴隶主，英国的税吏，吃客，酒鬼，淫棍，各色各样，男女俱全。他们听了一些窃窃暗笑的江湖郎中的鬼话，以为在做了多少丑事之后，一身孽障，可以到此一洗而净！我每次进入这等地方，总想用手指捏住自己鼻子。当然这话没有道理，但我一看见这儿任何一个两腿畜生向我走来，实在觉得他们肮脏不堪，像是一有机会就要将他们的毒疮传染给我似的！来这等地方的都是最恶劣、最愚蠢、最下

流的人：赌鬼，小偷，娼妓，一心想娶有钱的丑老婆子的年轻男子，一心想嫁有钱的满脸皱纹、半身入土的老头子的年轻女人，这些少夫幼妻为了便于承继产业，不惜一切手段，坚决要为这些老妇衰翁生男育女！

这等丑事，尽人皆知。然而威廉·司各特爵士在1802年演讲，明白主张牧师不必定居教区，而应携眷到温泉游览，据说这样反而能得到他们教区子民的尊敬云云。查此人作此语时，官任代表牛津城的国会议员！

5. 鸣　禽

Singing Birds

洪卡斯尔

1830年4月13日晨

过去三周所经地区之内，虽然谷、草、牛、羊都好，却有一个缺点，在我看来还是一个大缺点，那就是：缺少叫得好听的鸟儿。眼前正是它们叫得最起劲的时节，但在这整个区域之内，我连看带听，总共只碰上四只云雀，毫无其他鸣禽，连不会唱歌的小鸟，也只在波士顿与薛别赛之间某处牛栏上见过一只金翼啄木鸟。呵，怎能不想起在色莱的沙丘上，千万只梅花雀同时在一棵树上高歌！呵，在汉姆夏、色撒克斯、肯特，在树林和山谷里，又有多少鸟儿在尽情唱着喜歌！此刻正是清晨五时，如果在巴恩艾姆，树林里正是众鸟齐喧，其数何止万千！天未明就先听到画眉，接着燕八哥开口了，然后百灵鸟腾地而起；等太阳放出信号，所有能唱能叫的鸟儿都放喉而歌，篱笆、草丛、低树、高枝，无处不在鸣啭！从长长的枯草堆里传来了白喉莺的甜美圆润的歌声，百灵鸟则高飞无踪，但听它唱得响唱得欢，其声宛如从天而降！无怪乎密尔顿在描写天堂之时，并未忘了提到“最早的鸣禽”。

林肯郡虽然有些缺点，仍是得天独厚，如再有所祈求，则非良心所许了。

可是如果我有时间与篇幅从自然转到人事，来描绘一下所经地区的人的情况的话，我将清楚表明在威斯敏斯透[①]的那伙人即使碰上天堂，也会将它变成地狱。

① 伦敦的一区，即国会所在地。

查理士·兰姆（1775—1834）

兰姆（Charles Lamb）是小品文大家，在我国也有许多欣赏者。他的身世相当悲惨，其姊有精神病，一次发作时杀了母亲，平时靠他照顾。他本人也曾一度精神失常，以后也总怕重犯，成为心理负担。他是一个典型的伦敦小市民，从十七岁起就在东印度公司总部做小职员，直到老年退休，自称一生都被锁在写字桌的朽木上。虽然如此，他嗜文如命，喜与诗客交游，自己也写文章，还编过一本古诗剧选段，其中有他自己的精辟评论，在重新燃起人们对十七世纪古诗剧的兴趣中起了作用。他的书信也多是文章精品，这里选译致华兹华斯一函，其中就有许多独特的见解和典型的兰姆笔法。

致华兹华斯函
From *A Letter to Wordsworth*

我的日子是全在伦敦过的，爱上了许多本地东西，爱得强烈，恐非你们这些山人同死的大自然的关系可比。河滨路和舰队街上铺子的灯火，各行各业的从业者和顾客，载客和运货的大小马车，戏园子，考文特花园一带的忙乱和邪恶，城中的风尘女；更夫，醉汉，怪声的蝲蝲蛄叫；你如不睡，就会发现城市也没睡，不管在夜晚什么时刻；舰队街不会让你感到片刻沉闷；那人群，那尘土、泥浆，那照在屋子和人行道上的阳光，图片店，旧书店，在书摊上讨价还价的牧师，咖啡店，厨房里飘出来的汤味，演哑剧的人——伦敦本身是一大哑剧，一大化装舞会——所有这一切都深入我心，滋养了我，怎样也不会叫我厌腻。这些景物给我一种神奇感，使我夜行于拥挤的街道，站在河滨的人群里，由于感到有这样丰富的生活而流下泪来。这种感情可能会使你们感到奇怪，正同你们对乡野的感情使我觉得奇怪。你可以想一想，如果我不是把我的心一本万利地借给这些城市景物，那我这一生又在干什么呢？

我的相好都是本地的，纯粹是本地的。我对山林没有一点热情（也可以说自从一度爱好之后就没有热情了，而那爱好也是由于诗歌和书本而产生的虚假情感）。我诞生的房间，一生都在我眼前的家具，一个随我到处移动的书架（跟随我像一条忠实的狗，不过更有学问），旧椅子，旧桌子，街道，广场，我晒过太阳的地方，我的老学校——这些是我的情妇。没有你的山，这些不就已经够了么？我不羡慕你。要不是我知道你有一颗能同什么都交朋友的心灵，我还要怜悯你呢！你的太阳、月亮、天空、山、湖对我不起作用，它们不过像一间金漆的房间里的挂毯、长烛之类，住在里面看起来悦目，此外就没有更高的品德了。我把我头上的云看作屋顶，它漆得很美，却不满足我的心；也可比作一个鉴赏家房里的藏画，后来不给他任何乐趣了。被狭隘地称为大自然之美的景象对我也是这样，由于长久不接触，早就从我心上消退了；而这个伟大城市里的人的创造和人的聚合却对我永远是新鲜的，绿莹莹的，温暖的。

（1801 年 1 月 30 日）

威廉·赫兹列特（1778—1830）

赫兹列特（William Hazlitt）是浪漫主义时期的大散文家，与兰姆齐名，但写法不同，不模仿古人句法，不用生僻的词，提倡平易风格，自己也写得平易；他想象丰富，行文气势磅礴，一泻如注，其特色在此，其病也在此，因为他常翻来覆去地说一个道理，例证和引语也特别丰富，反对掉书袋而实际上仍在不断地掉书袋，所以读者须有耐心，才能把他的文章读完。拯救了他的冗长的是他那些不断涌现的警句——“荣誉之殿建在坟墓之上”，“爱自由是爱别人，爱权势是爱自己”，“在所有的仆从当中，最低级的是文学仆从”，“英国人（我们得承认）是一个嘴巴不干净的民族”，等等。加上他是一个民主派，对许多事物有新锐见解，论点鲜明，说理透彻，文章有一种感染力，所以一开始感到不耐烦的读者往往最后仍是被他征服了。

这里选译的是他的名篇《论学者之无知》的后半部，文章对于许多学者脱离实际、不晓世事的弱点作了淋漓尽致的揭发。知识分子写知识分子的毛病，当然是入木三分的。赫兹列特崇拜的是感性知识，是大自然和以大自然为范本的艺术；这表现了他的个性，也反映了他所处的时代的浪漫主义的精神；学者们当然是能在某些细节上挑剔他的，说不定还会就他引证的不确实而嘲笑他，但是他处于浪漫主义的浪尖，有那重人生反书本的潮流在推他前进，所以正同他在此文中所说的，最后笑的恐怕仍是他。

《论学者之无知》（1818）选段
From *On the Ignorance of the Learned*

一个仅仅知道书本的学者，必然是连书本也不懂的。“书并不以用处告人。”[①] 他对书所说的事情毫无所知，又怎能把书读懂？饱学的书呆子只会读别的书所构成的书，而别的书又是由另外的书构成的，如此推溯无穷。他学舌于

① 引自培根《谈读书》。

别人，别人又学舌于另一些人。他会把一个词译成十种语言，却不知道这个词在任何一种语言里所指的东西。他把引证权威的权威之言和包含引语的引语塞进脑子，而关闭了自己的五官、智慧和心灵。他不了解人间的箴言和风俗。他对于不同人物的性格茫然无知。他看不见大自然和艺术的美，对他“眼与耳的广大世界”[①]是关了门的，而“知识”除了一个通道之外也“完全闭塞”[②]了。他的骄傲随无知而增，他所不知其价值因而认为不值一谈的事物越多，他的自视也越高。他对绘画一无所知——不论是蒂香[③]的色调，拉斐尔的优美，道明尼钦诺的纯洁，考里吉奥的笔法，波山的才学，纪多的风度，卡拉齐的趣味，米开朗琪罗的雄迈线条，所有这些意大利画派的荣光和法兰德斯画派的奇迹都看不见，而它们正是人们看了眼睛生辉、千万人花一生来学习和模仿而学不到手的珍品。对于他，它们像是从来没有存在过，只不过是一个古字，一句废话；这也是无怪其然的，因为他不见也不懂大自然中有它们的范

① 引自华兹华斯诗《丁登寺旁》。

② 引自密尔顿《失乐园》，第 3 章第 50 行。

③ 蒂香及以后诸人，都是欧洲艺术史上的著名画家。

本。他的墙上可以有一幅鲁本斯的温泉图或克劳德的魔堡挂了几个月之久而他一次也未看见，而等你指出它们，他就掉头而走。大自然的语言，艺术的语言（而艺术只是另一面大自然），是他完全不懂的。的确，他提起过阿贝尔斯和菲提亚斯①，但只因他们在古代著作中有名；甚至称赞过他们作品为奇迹，也只因它们早已无存了。当他站在爱尔琴大理石雕塑②前面，亲眼看见最精美的古希腊艺术残品的时候，他的兴趣只在这群雕塑曾经引起过一场学术争论，或者一件相同的事，即学者们曾因一个古希腊文小品词吵过架。他对音乐同样无知，不论是无所不精的莫扎特的乐曲或者山上牧童的笛声都不能“打动”他。他的耳朵是钉在书本上的，被希腊文拉丁文的音调和课堂上的杂音和背书声弄得失去感觉了。那么，他对诗该有点知识吧？他会数一行诗里有多少音步，一个剧本有多少幕，但对诗的灵魂或精神了无所知。他能把一首希腊颂歌译成英文，也能把拉丁格言诗译成希腊文，但是否值得这样费力，那他就

① 两人为公元前四五世纪的希腊艺术家。

② 爱尔琴伯爵从希腊掠夺来的古希腊大理石雕塑，现存伦敦英国博物馆。

推给批评家们去判断了。他是否对“人生的实践部分”比“理论部分”懂得多些呢？也不是。他不懂任何艺术或技术，任何行业或职业，也不会玩任何凭技术或凭运气的游戏。学问不会做外科手术，不会种田，盖屋，干木活或铁活；不会做任何劳动工具，做了也不会使；扶不了犁，用不了铣、钻、槌；不懂打猎，鹰猎；不会钓鱼，打枪；不懂马或狗；不会击剑、跳舞、击棍、滚木球、玩纸牌、打网球或任何别的。了解一切技艺和科学的教授不能实践其中任何一种，但可以为大百科全书写文章介绍它们。他不会用手，也不会用脚，不会跑、走或游泳，而且把一切真会这些体力或脑力技巧的人看作俗人、机械人，却不知要把任何一样做好，除了须有天赋之外，还要长期的锻炼和一种专门献身此道的精神。学者想凭苦读得到博士学位和院士职务，所需也不过如此吧——此后就可以吃喝玩乐一生了！

事情是明显的。任何人真正知道的范围极狭，限于他们的日常事务和经验，限于他们有机会能懂或有意愿去学或练的东西，其余都是装腔作势。普通人能用他们的四肢，因为他们靠劳动或技艺为生。他们懂得自己干些什么，也了解与他们来往的人的性格，因为他们需要这样。他们有口才表达情感，也有能力随意表示鄙视或引人发笑。他们天生的说话能力没有因向古文经典学舌而受阻碍，他们的幽默感和引用例证的能力也没有被埋葬在名言轶事集里。你可以在一辆从伦敦到牛津的公共马车外边听到许多好东西，超过你在那所有名的大学里花一年同学生或院长们相处所得；在一个小酒店里听人吵吵嚷嚷地争论中学到的人生至理，比在下议院里听一次正式辩论要多。一位乡下老太太能了解人的性格，并能用一个小市镇过去五十年里人们说的、做的、闲扯的有趣的掌故来说明种种，远过于一个当代才女从同一时期内小说和讽刺诗所形成的所谓学问里摘引来的东西所能做到的。真的，城里人可悲地缺乏对性格的了解，因为他们看人只见半身，不见全体。乡下人不仅知道一个人的经历，而且能从他的家世把他的优缺点，一如他外貌的特点，追溯到几代以前，还能用半世纪以前的一次通婚错误来解释他行为上的矛盾。学问家对这类事是一点也不懂的，不论在城里或乡下。超乎一切的是，社会上的群众是懂常理的，而这正是古往今来的学者所缺。老百姓根据自己判断行事，总是对的，一旦跟着盲目的引导人走，就都错了。著名的不从国教派牧师巴克斯特有一次在讲坛上扬言：“地狱是用婴孩的头骨铺成的”，几乎遭到基特敏斯透地方的善良妇女们用石头把他砸死；后来由于他能言善辩，又从古代宗教经典引用大量高深文句，这位牧师终于说服了教民——从而压倒了他们的理智和人性。

人的学问就是用来干这类事的。在文苑里耕耘的人似乎就只有一个目的，那就是挫败一切常理，混淆善恶，方法就是利用传统的箴言和视为当然的先入之见，它们因年代久远而愈显荒谬。他们在假设之上再堆假设，堆得山一样高，于是任何问题都说不出明白的道理了。他们看事，不看其本身，而看书上怎么说，“有眼不视，闭塞聪明”，决心不看任何足以抵触他们的偏见或证明其荒谬的东西。人们几乎可以以为所谓最高智慧在于维护矛盾，把荒唐视为神圣。教条不论如何粗暴或愚蠢，一律盖上大印，作为天意放在追随者的头上，不从者则用宗教制裁加以恐吓。人的智慧用在探求真理和实用上的何其少！人的聪明浪费在信条和系统的辩护上的何其多！多少时间和天才荒废在神学争论、法律、政治、文字考证、占星学、炼金术之上！劳德[1]、威吉夫特、勃尔主教、华德兰主教、普里陀、波索勃、卡尔梅、圣奥古斯丁、普芬多夫、伐戴尔等人的著作，以及略为平易、同样博学、同样浪费精力的文章，出自斯加力格、卡丹、司哥比斯等人之手的——这一切给了我们什么实际好处？他们那成千上万的对开本、四开本的皇皇巨制里有多少道理？如果明天把它们统统烧掉，世界又会有什么损失？难道它们不是早已“进入卡普雷特家族的坟墓里”[2]去了么？可是想当年，它们岂不都是神谕圣言，如果你同我敢于说一不字就会被当众耻笑，从而常理和人性受到了耻笑么？可是今天是轮到我们来笑了！

现在可以就这题目作一个小结了。社会上最有头脑的人是干实事、通世故的人，他们从亲身所见所知发言，而不是根据事情必须如何的假定来纠缠细枝末节。妇女往往比男人更多所谓“良好的理性”。她们不像男人那样有种种借口，也不牵涉在许多理论之中，判断事物靠当时直接印象，因而也更准确更自然。她们不会推错道理，因为她们根本不推理。她们不是按定规想事或说话，因而说得更有

---

① 这些都是宗教学者和神职人员。

② 语出莎剧《罗米欧与朱丽叶》。

说服力，更有风趣，更有道理。凭了会说话，有风趣，也有道理，她们一般能管住丈夫。当她们写信给朋友（不是为出版而作文），她们文章的风格也比大多数作家好。——没有受过教育的人最会想办法，最无偏见。莎士比亚显然有一颗未受教育的心，既有新鲜的想象力，又有多方面的见解；而密尔顿的心是学院式的，他的思想和感情都有学院气质。莎士比亚不习惯于在学校里写论文扬善抑恶，因此他剧本里包含的道德不是装腔作势的，而是健康的。如果我们要知道人的天才的伟力，我们应该读莎士比亚，如果想看出人类学问的渺小，去读莎学家吧。

约翰·济慈（1795—1821）

济慈（John Keats）是浪漫诗人，青年早逝，留下了六大颂歌等不朽诗歌。

他也有散文作品，即他的书信。这些书信之所以重要，是由于：1. 它们包含了他对于诗歌的独特看法，充满了透彻的观察，大胆的主张，很多见解对后人有深远影响；2. 它们是真正的私人书信，写得真挚，亲切，随便，有时滔滔不绝，有时一语破的——“他之生即我之死”——有点像中国诗话。

书信选段

From *Letters*

真与美

我深知心灵中真情的神圣性和想象力的真理性——由想象力捕捉到的美也就是真，不管以前有过没有——我对人们所有的激情和爱情都持这个看法，它们在达到崇高的境界时都能创造出本质的美。……想象力可以比做亚当的梦[①]——他醒来后发现梦境成了现实。我对这点特别关切，因为我向来不能靠逐步推理来了解一件事是否真实。……不管怎样，要能够靠感觉而不是靠理智来过活，那该多好！

——1817 年 11 月 22 日致贝莱

① 亚当梦见夏娃，醒来果见她在身旁。事见密尔顿《失乐园》VIII.452—490。

动人的艺术

第二天早晨去看《灰色马上的死神》那张画，考虑到威斯特[①]的时代，可算是幅好画；但是没有强烈动人之处，没有使人发狂到想和她亲嘴的女人；没有一张充满生气的脸；任何一种艺术的高超之处就在于强烈动人，能动人就会与真和美紧密联系而使一切令人不快的成分烟消云散。你们仔细研究一下《李尔王》，在那里从头到尾都可以感到这一点。

——1817 年 12 月 21 日致乔治和汤姆·济慈

消极感受力

我和戴尔克讨论了一些问题，没有争辩；有好几样东西在我的思想里忽然合拢了，使我立刻感到是什么品质能使人有所成就，特别是在文学上，莎士比亚多的就是这种品质。我指的是"消极感受力"，即有能力经得起不安、迷惘、怀疑而不是烦躁地要去弄清事

① 班杰明·威斯特（1738—1820），美国画家，后居英国，为皇家艺术院院长。《灰色马上的死神》是他所作历史画。

实，找出道理。……对一个大诗人说来，美感超过其他一切考虑，或者说消灭了其他一切考虑。

——同上信

诗人无自我

关于诗才本身（我是指我所属的那种，如果我还算个诗人的话，而不是华兹华斯的即自我崇高派的那种，后者自成一格，与众不同），我要说它没有个本身——它一切都是又什么都不是——它没有特性——它喜爱光明与黑暗；它总要做到淋漓尽致，不管牵涉到的是美是丑，是高贵是低下，是穷是富，是卑贱还是显贵——它塑造一个雅古[①]得到同塑造一个伊莫琴[②]一样的乐趣。使讲道德的哲学家看了吃惊的却使变色龙似的诗人狂喜。玩索事物的黑暗面和玩索事物的光明面一样无害，因为二者都止于冥想。诗人在生活中最无诗意，因为他没有一个自我，他总在不断提供内情，充实别人。太阳、月亮、大海、有感情的男人女人都是有诗意的，都是有不

① 雅古，莎士比亚《奥赛罗》一剧中的恶人。

② 伊莫琴，莎士比亚《辛白林》一剧中的女主角。

变的特点的——诗人可没有，没有个自我——他的确是上帝创造的最没有诗意的动物。

——1818 年 10 月 27 日致理查·伍德豪斯

别有用心的诗

我们讨厌那种看得出来是有意要影响我们的诗——你要不同意，它就好像要把两手往裤子口袋里一插，做出鄙夷不屑的样子来。诗应当是伟大而又不突出自己，它应能深入人的灵魂，以它的内容而不是外表来打动或激动人。甘于寂寞的花多么动人！如果它们挤到道上，高声喊道："羡慕我吧，我是紫罗兰！爱我吧，我是报春花！"那还会有什么美呢？现代诗人和伊丽莎白时代诗人的区别就在这里，现代诗人就像汉诺威的侯爷一样每人管辖小小一个国家，他知道在他的领域内每天要在大道上扫出去多少稻草，并且经常忍不住要去管管每家的主妇，看她们是否把家用铜器都擦得放光放亮了；而古代诗人却是拥有广大行省的皇帝，对边远地区他们只听说有那么些地方，而很少想去看看的。

——1818 年 2 月 3 日致雷诺兹

关于诗的信条

关于诗我有不多几条信条……首先，我认为诗应当写得有点恰到好处的过分，以此来使读者惊讶，而不是靠标奇立异。要使读者觉得是说出了他自己的最崇高的思想，有一种似曾相识之感。第二，诗的美要写到十分，要使读者心满意足而不只是屏息瞠目：形象的产生、发展、结束应当自然得和太阳一样，先是照耀着读者，然后肃穆庄严地降落了，使读者沐浴于灿烂的夕照之中。当然，想想怎样写诗要比动手写诗容易得多，这就引到了我的第三个信条：如果诗来得不像树长叶子那么自然，那还不如干脆不来。

——1818 年 2 月 27 日致约翰·泰勒

密尔顿与查特顿

《失乐园》虽好，但是损害了我们的语言——它应被保存下来，因为它是一个独特的现象，一桩新鲜事儿，一件美丽而伟大的新鲜事儿。它是世界上一个最特别的产品，是把一种北方方言纳进了希腊文和拉丁文的倒装句和特有的声律写成的。我认为最纯洁的，或者应当是最纯洁的英语是查特顿[①]的。我们的语言古老得没有被乔叟的法语影响所损害，原来的词汇仍在使用着。查特顿的语言纯粹是北方的。我喜爱查特顿诗中的本土音乐胜过密尔顿。我最近才对密尔顿有所警惕。他之生即是我之死。密尔顿的诗要雕琢才能写出来，而我则宁愿追求另一种风格。

……

——1819 年 9 月 21 日致弟妹

情、理、人生

落日总使我舒畅。一只麻雀落在我的窗前，我也分享它的生活，和它一起啄食。

——1817 年 11 月 22 日致贝莱

除非在我们的脉搏上得到证实，哲学上的定理不能算是定理。

——1818 年 5 月 3 日致雷诺兹

---

① 汤玛斯·查特顿（1752—1770），青年早卒的英国诗人。他冒充古人作诗，被人揭发，于贫病中自杀，年方十七。但其仿作显示了天才。济慈多次提到他，还写过一首悼他的诗，长诗《恩狄米昂》的卷首也写道："为纪念汤玛斯·查特顿而作。"

我把人生比作一幢有许多房间的宅邸，其中两间我可以描述一下，其余的门还关着，我进不去。我们首先迈步进去的那间叫作“幼年之室”或者“无思之室”，只要我们不会思维，我们就得在那里老待下去，会待很久，虽然第二间房门已经敞开，露示出一片光亮，我们却无心进去。等到我们的内在思维能力醒来了，我们才不知不觉地被驱使而前进了，一走进这个我将称之为“初觉之室”的第二间房，我们就将为那里的光线和空气所陶醉，到处是新奇事物，使人心旷神怡，乐而忘返，想要终老斯乡了。但是呼吸了这种空气的后果之一，就是使人对人类的心灵和本性敏感起来，使我们觉得世界上充满了悲惨，伤心，痛苦，疾病和压迫。这一来“初觉之室”的光明就逐渐消失，同时四边的门都开了——都是黑沉沉的，都通向黑暗的过道——我们看不到善恶的平衡。我们在迷雾里。——这就是你我当前的处境。我们感到了“人生之谜的负担”[①]。

① 语出华兹华斯《丁登寺旁》第38行。

汤玛斯·卡莱尔（1795—1881）

提起卡莱尔（Thomas Carlyle），人们会想到一个性格倔强的苏格兰佬，甚至一个在旷野里大声疾呼的《旧约》中先知般人物。这样的一个人活跃在十九世纪下半叶资本主义工业化程度已深的英国，似乎是生错了时代。

正相反，他是应运而生。当时的英国需要他的敏锐眼光来剖析社会病症，而他也不负所望，谴责资本主义的自由贸易把劳苦人民扔进了“暴君的铜牛的该死的铁肚里”，还准确地指出在历史上的悲惨时期“人与人之间的唯一纽带是现金交易”。

当时的英国也需要他的大声疾呼的散文风格。他宁可说得过头，叫得太响，也不来英格兰绅士们温文尔雅的一套。他是强调的能手，重笔的大家。英文文章中大写字母用得最多，到处浓圈密点的，恐怕也是他了。

这位有心人却不是真正的过激派，他的眼睛看向过去，并且主张由强有力的个人来统治群氓。越到后来，他的这种主张越顽固。他要人们注意劳动者的痛苦生活，目的只是为了怕他们起来革命。到了这时候，我们就又感到他的文章太像高声宣读的演讲词，强调有余，而说理不足了。

1.《法国革命》（1837）选段
From *The French Revolution*

这样，早上六点，胜利的国民议会休会了。消息像附在金翼上在巴黎上空飞扬，进入监狱之中，点亮了那些准备死亡的人的脸，看守人和从高贵地位降为待宰羔羊的罪人们沉默着，脸色铁青。这是1794年7月14日或称热月十日。

福基埃只需验明犯人了，他们已处于“法律之外”。下午四时，巴黎街上空前拥挤。从司法宫到革命广场，死囚车要走的路上，只见一整条密集而动荡的人流；沿途所有的窗口挤满了人，连屋顶和房脊都站着奇怪地高兴着的好奇者。死囚车载着各色各样的罪人，从马克西米连到费娄里欧市长到西门皮匠，一共二十三个，滚动着过去。所有的眼睛盯着装罗伯斯比尔的一辆，他的下巴裹着脏布，旁边躺着他半死的弟弟和半死的亨里欧，都已完全垮了。他们的十七小时的痛苦就要结束了。宪兵们把剑对着罗伯斯比尔，替人们指出目标。一个女人跳上囚车，一手抓住车边，一手挥动，像女先知似的大声叫道：“汝之死，我之乐——乐极！”罗伯斯比尔张开了他的眼睛。“恶霸！下地狱去吧，带着所有妻子和母亲们的诅咒！”在刑台下面，人们把他放在地上，等轮到他了，把他抬了上去。他眼睛又张开了，瞧见了带血的大斧。一个壮汉把他的上衣扯下来，接着扯掉他下巴上的脏布，下巴掉了下来，他叫了一声，声音凄厉，神情太可怕了！大力士，快下手吧！

壮汉下了手，人群一阵又一阵地欢呼。这欢呼声延伸着，响在巴黎上空，响在整个法国上空，整个欧洲上空，一直传到当今一代人的耳朵里。罪有应得，同时也不应得。啊，可悲的阿拉斯地方的律师，难道你比别的律师更坏么？在那个时代，按照他关于正直、仁慈、道德之乐等等的准则、信条、口号种种，没有人比他行事更严格。如果生在一个幸运的平静时期，他有资格成为一个绝不受腐蚀的、死板板的模范人物，会有人替他竖大理石雕像和诵悼词的。他的可怜的房东，那位圣昂诺雷街上的细活木匠，爱着他；他的弟弟为他而死。愿上帝对他仁慈，也对我们仁慈！

2.《过去与现在》（1843）选段
From *Past and Present*

生命对于人们从来不是五月天的游戏；在所有的时候，哑巴似的几百万群众为劳作而生，他们的命运总是漆黑的，承受多种苦难，冤屈，沉重的负担，可避免的和不可避免的；毫无游戏，只有苦活，干得筋骨酸痛，心头愤怒。

我还相信，自从有了人类社会，从来没有一个时候哑巴般的几百万劳动者的命运像眼前这样完全无法忍受。使一个人悲惨的不是死，甚至不是饿死，无数的人死过，所有的人都必死——我们所有的人都将在火焰车的痛苦里寻到最后归宿。悲惨的是活得可怜，而不知为什么；是工作得筋骨酸痛而无所得；是心酸，疲惫，却又孤立无援，被冷冰冰的普遍的自由放任主义紧紧裹在中间；是整个一生都在慢慢死去，被禁闭在一种不闻、不动、无边的不正义之中，就像被扔进了暴君的铜牛的该死的铁肚里一般。对于上帝所造的所有的人，这是——而且永远是——不能忍受的。那么，又为什么要对法国革命、宪章运动、三日叛乱感到奇怪？当前这时代，如果我们仔细想想，真是史无前例的。

乔治·白并顿·麦考莱（1800—1859）

麦考莱（George Babington Macaulay）是英国十九世纪政治家、历史家、文论家。

他同上面选译的卡莱尔一样写历史，但在思想和散文风格上却又大不一样。他是辉格党的活跃人物，卫护十九世纪英国自由资产阶级的利益，满足于当时的政治局面。这是同大声疾呼民生疾苦的卡莱尔不同的。在文章风格上他也同卡莱尔大异其趣：不用突兀嘶喊的笔法，而写得文雅，有风趣，又善讲故事，把历史写得小说一样吸引读者。

麦考莱写的历史名著是《英国史》（1848—1860[①]），原计划包括从1688年到1714年的大事。作者选择这一时期是有用意的，因为正是经过1688年的所谓“光荣革命”，

① 该书第五卷在麦考莱去世后出版。

英国资产阶级奠定了与地主阶级联合统治的局面，并在其后十几年内通过议会政治巩固了这一统治。他只写到1697年就病死了，全书只完成了一小部分，但由于写得细致，已达五卷之多。这五卷贯彻了作者崇尚自由资产阶级的成就的历史观，即所谓“辉格党的历史观”，因此立论与史实的选择都有所偏，但作者的文笔又确实精彩，所以出版后成了畅销书。

后人对麦考莱的文笔也有贬词，认为他写得过分戏剧化，而遣词造句有一套公式，但求表面效果，经不起仔细咀嚼。

这里选择的是《英国史》第三章中的一个片段，是写伦敦的咖啡店的。

《英国史》第三章（1848）选段
From *History of England*

外国人认为伦敦特别不同于其他城市的在于它的咖啡店。咖啡店是伦敦人的家。人们想要知道在什么地方可以找到一位绅士，一般不问他住在舰队街或法院巷，而问他常去的咖啡店是“希腊店”还是“彩虹馆”。只要能在柜台上放下一个便士，谁都不会在那些地方不受招待。但每一等级、职业，每种宗教或政治派别又都各有自己的中心。圣詹姆斯公园附近的咖啡店是纨绔子弟聚会的处所，这些人戴着黑色或淡黄色的大假发，盖住了头和肩，足以同大法官和下院故长所戴相比。他们的假发是巴黎货，浑身上下的装饰也是法国出品，从绣花的上衣、有流苏的手套直到系马裤的红带。他们谈话用的是一种特殊方言，如今已不在时髦社会流行；但还可在有趣的喜剧舞台上的浮华爵爷之类的口里听见。那里的气氛犹如化妆品商店。他们只喜欢香气浓郁的鼻烟，此外任何的烟都在厌恶之列。如果有一个不懂规矩的乡下佬敢于要店里人送上烟斗，那么全场的嘲笑和茶房们的不客气的回答立刻会使他觉得不如另走一处。而他也无须远走。因为一般的咖啡店都像卫兵室那样充满了臭烟味。外地人有时感到奇怪，为什么这么多的人愿意离开家里温暖的炉火去坐在永恒的烟雾和臭味之中。抽烟经常不断的是维尔咖啡店。它在考文特花园和波街之间，是文艺界的圣地。那里谈的是理想的赏罚和戏剧中的三一律。有一派推崇贝洛特和近代作家，另一派服膺波瓦罗和古代经典。一群人辩论《失乐园》是否该用有脚韵的诗体来写，另一群听着一个充满妒忌心的蹩脚诗人在诉说着《威尼斯之保全》的不是，认为该把它轰下台来。这里顾客各类人都有：佩戴星章绶带的爵爷，穿黑袍白带的牧师，说话尖刻的律师，怯生生的大学生，穿破粗呢衣服的翻译和编资料的，等等。店里最挤的地方在约翰·德莱顿坐的椅子附近。冬天这椅子总放在炉旁最暖的角落；夏天它出现在阳台。向这位桂冠诗人鞠一个躬，听他谈拉辛的最新悲剧或波苏关于史诗的论文被认为是一种特殊待遇，至于拿一点他的鼻烟闻闻更是莫大荣耀，足以使一个年轻的崇拜者神魂颠倒了。……

乔治·伯纳·萧（1856—1950）

萧伯纳（George Bernard Shaw）是戏剧大家，同时又是散文大家。他的戏剧得力于他的散文；对于他这类以说理和辩论为内容的特殊戏剧，驾驭散文的能力可以说是成败的关键所在。

他自己充分意识到这一点，曾经说过写这类戏剧的人需要“无拘无束地自由运用演说家、传道士、辩护律师和行吟诗人的全部修辞和抒情的技巧”。(《易卜生主义的精髓》)

实际上这是夫子自道。他充分地、全面地具备这种技巧。他是雄辩的街头演说家，社会主义的传道士，易卜生型新戏剧的辩护律师，他也有行吟诗人的韵律感和打动听众的说故事本领。除此之外，他还有精湛的音乐修养。

表现于他的散文的，首先是锋利，其次是善于强调，再次是伸缩自如；因为出色地做到了这三点，他的散文又给人以美感。

这就是演员们为什么爱读他的台词，而普通读者则除了台词之外还喜欢他写的一切，不论是长篇大论，还是片言只语。就连他一挥而就的明信片，也是人们珍惜的。

这里选译的是：萧的写剧理论，请注意他写得何等有力，又何等精辟；他的名言警句，很多话显得前后矛盾，然而包含了真理，这类“颠倒之言”（paredox）是萧最拿手的；最后，还有一封以公开信形式写的剧本前言（片段），这类前言往往写得很长，然而充满了精彩的议论，而写法则总是峭拔而又幽默的。

1. 写剧理论

From *Three Plays by Brieu*, Preface

反对“妥帖剧”

妥帖剧的制造不是艺术，而是工业。一个文学机器匠要获得写作此类剧本的本领一点也不困难，困难的倒是要找一个天性中毫无一点艺术家气味的文学机器匠，因为最能破坏妥帖剧的莫过于作品中还有丝毫艺术成分，或作者本人还有丝毫良心。这种剧本有一个口号：“为艺术而艺术”，这口号实行起来就变成：“为金钱而成功”。（《白里欧三剧·序》）

“妥帖剧”的公式

第一，你对于戏剧的场面“忽有一念”。如果你自己以为这个念头很了不起，有新颖独到之处，而实际上则是古已有之，那就更妙。例如一个无辜的人由于环境之故而给错判有罪，便是保险永远可用的场面。如果这个人是妇女，那一定得判她犯通奸罪；如果是一个年轻军官，那一定得判他泄露机密、卖国通敌——实际上当然事情只是由于一个美丽动人的女间谍迷住了他，才从他那里偷走了那个使他陷于有罪的文件。再说那个清白的妇女，如果在她给赶出家门之后，由于见不到自己的孩子而痛苦万分，接着孩子中忽然有一个得了重病（至于是什么病，那就全看剧作家本人的高兴了），她乔装护士去守候在濒死的孩子床旁，在最后关头医生却忽然宣告孩子已经得救，同时也洗刷了孩子母亲的冤枉。医生是一个既庄又谐的角色，如果能将他变成一个过去曾追求那位太太、至今仍爱慕如故的老情人那就更好。这样的剧本只要作者不是十足的饭桶，则不待上演即可预卜成功。喜剧要困难些，因为喜剧需要幽默感，需要有生气，但办法还是一样，即先在角色之间制造出一种误解，然后将误解的高潮放在倒数第二幕，再从那里回头去制造剧本的其余部分，例如第一幕应该将剧中人物向观众作必要的介绍，但在介绍之前，先要想尽办法主要通过仆人、律师和其他下层人物之口（主要人物当然只能是公爵、上校、百万富翁）来使观众知道不久戏中将如何产生误解。最后一幕当然应该将误解加以消除，并好歹将观众们打发回家。

2.《易卜生主义的精髓》（1891）选段
From *The Quintessence of Ibsenism*

易卜生的特点

古时戏剧的产生，基因于两个欲望的结合：一个是跳舞的欲望，另一个是听故事的欲望。后来跳舞变成放言高论，故事转为剧中场面（situation）。易卜生开始写剧之时，戏剧家的艺术已经缩小为构想场面的本领了，并且一致认为场面越怪，剧本越好。易卜生的看法恰好相反，他认为场面越熟悉，剧本越有趣。我们的叔父不常谋杀我们的父亲，也不能合法地娶我们的母亲为妻；我们碰不上女巫；我们的国王一般不是被刺死的，刺死了也不是由刺客继位；在我们立债券借钱时，我们也不会答应以成磅的血肉去还债。凡莎士比亚没有能做到的，易卜生都给了我们以满足。他不仅让我们看见自己，而且看见的是处于我们熟悉场面中的自己。他的台上人物的遭遇就是我们自己的遭遇。结果之一是：他的戏剧对我们来说远比莎士比亚的重要。结果之二是：他的剧本能够毫不留情地刺痛我们，也能够使我们充满兴奋的希望——希望能从虚幻想象的束缚之下逃出来——此外又使我们能够预见到将来要过更紧张、更活跃的生活。

一种新的技巧：讨论

戏剧中这个〔新的〕技巧是讨论。从前，在所谓妥帖剧里，第一幕叙述剧情，第二幕供给场面，第三幕端出真相。现在的程序则变成叙述、场面、讨论，而且靠讨论来考验剧本作家的能力。评论家们对此纷纷抗议，但是无效。他们宣称讨论不成戏剧，艺术不是宗教，但剧作家和公众都完全不理睬他们。通过易卜生的《玩偶之家》，讨论已征服了欧洲，现在每个严肃的剧作家不仅将讨论看成他最大本领的考验，而且以讨论为剧本的真正趣味中心。有时他甚至采取一切办法去事先向观众保证他的剧中将有这最新的改进之点。……如果戏剧不甘心于仅仅适应那种幼稚不堪的只愿听童话而不许有任何道德意义的要求，而想有一天超越它的话，这是必然的发展。

什么是好剧本

现在我们有一种剧本，其中包括了我自己的几部。以讨论始，以动作终；还有一些，则讨论从头到尾都贯穿在动作之中。在易卜生侵入英国的时候，舞台上已听不见讨论，妇女也不会写剧；但不过二十年，妇女写剧已比男人高明，她们的剧本从头到尾都是热烈的辩论，其中的动作只是一个等待辩论出结果的问题。如果这问题不能引起兴趣，或是陈腐的，或处理不当，或显然是假造的，那么剧本也就是坏的；如果问题重要、新鲜、富于说服力，或至少叫人感到不安，则剧本就是好的。不管怎样，一个其中没有议论、没有问题的剧本已经算不了严肃的戏剧创作。

……

在新的剧本中，戏剧通过一些不安定的理想与另一些不安定的理想之间的冲突而产生，而不是通过庸俗的爱情、贪婪、慷慨、怨恨、野心、误解、怪诞行为之类不提出任何道德问题的东西。

最新也最老的本领

这个新技巧只在现代舞台上一处才是新的。自从创造了语言之后，它就一直为教士和演讲者所利用。它是一种打动人的良心的技巧，剧作家只要有能力用它，没有不用它的。修辞、嘲讽、颠倒矛盾之言、警句、含有深意的比喻，以及将杂乱无章的事实归纳为有秩序的和可理解的场面等等的技巧——这些是戏剧里最老也最新的本领：而你们的情节结构和给观众以心理准备的艺术，却只是舞台上耍小聪明的手法和因为道德上空洞贫乏而采取的权宜之计，不是戏剧天才的武器。在易卜生的戏院里，我们不是被多方迎合的观众在用别出心裁的娱乐节目排遣闲空的时间；我们倒是“做了亏心事的罪人在触景生情”[①]。消遣的技巧在这里正像在审判谋杀案时一样的不适用。

戏剧创新的要点

可见易卜生本人及他以后的剧本在技巧上的创新之点是：第一，运用了讨论，并将讨论扩大，于是剧中的动作完全为其所遮盖与贯穿，最后并为其所吞并，而剧本与讨论乃变为一体；第二，由于使观众变成剧中人物，并以他们生活中的情事作为剧中的情事，过去为了使他们对于不真实的人物和不可能的情事发生兴趣而不得不用的一些旧的舞台手法，至此乃全部废弃，而代之以审问与辩论的技巧，如反唇相讥，揭穿真相，透过幻想以求真理之类，并且无拘无束地自由运用演讲家、传道士、辩护律师和行吟诗人的全部修辞和抒情的技巧。

---

① 语出莎士比亚《哈姆雷特》（Ⅱ. ⅱ .628）。

3. 短论一束
Sayings

强调得有效果就是风格的始终，一个没有什么可以强调的人没有风格，也不可能有风格。……你们的文人以为他会得到班扬或莎士比亚的风格而无须班扬的信仰或莎士比亚的敏感，只要注意不犯语法错就成了。……这类学院式的艺术比伪造古旧木器做买卖还要坏得多。

（《人与超人》序）

没有一件特坏或特好的事你会不发现英国人在干，但你永远不会看见英国人认错。他做什么事都有原则；你打仗是为了爱国原则，抢你的钱是为了商业原则，奴役你是为了帝国原则。

（《风云人物》）

当一个笨人做一件使他感到羞耻的事，他总宣称他在执行任务。

（《凯撒与克莉奥佩屈拉》第三幕）

能动手的做事，不能动手的教人。

（《给革命者的格言》）

讲理的人使自己适应世界，不讲理的人坚持要世界适应自己，所以一切进步得靠不讲理的人。

（同上）

一个人感到羞耻的事越多，他就越是体面。

（《人与超人》第 1 幕）

人生只有两个悲剧，一个是不能如愿，一个是如愿。

（《人与超人》第 4 幕）

英国人不尊重他们的语言，不肯教他们的孩子们好好说它。……没有一个英国人能张口说话而不使别的英国人鄙视他。

（《匹克梅梁》序）

家是姑娘的牢狱，女人的教养院。

（《给革命者的格言》）

我爱的女人水性杨花，而爱我的女人却穷凶极恶地忠诚，两者恰可相等。

（《荡子》第二幕）

暗杀是检查制度的极端形式。

（《被拒绝的声明》，第 1 部分）

最大的恶和最不赦的罪是贫穷。

（《巴巴娜少校》序）

所有伟大的真理都以离经叛道之言开始。

（《安娜绛斯卡》）

说话的是钱，印书出版的是钱，在无线电台广播的是钱，统治着国家的是钱；而国王们和工党领袖们同样地必须听命于钱，而且最为矛盾、叫人目瞪口呆的是：他们还必须出钱去维持富人们所办的企业，保证他们的利润。

（《苹果车》序）

4. 以信代序

From *To Arthur Bingham Walkley*

亲爱的华尔克利：

有一次你问我为什么不写一个关于唐璜的剧本。这是一个责任大得可怕的问题，而你当时出之以轻浮，到现在大概已经忘了；可是清算的日子来了：这就是你要的剧本！我说是你的，因为“遣人作犹己作也”。剧本的赢利，如同它的写作之劳，是我的；剧本的寓意，态度，哲学，对青年的影响，则归你去辩护。你对我提出建议的时候已经年纪不轻，而你对于我这个人是清楚的。时间过去不到十五年，当时我们两人是新报刊文学的一对开路人，立足于同样的新闻纸上，开始了戏剧和歌剧评论的新纪元，方法是以评论为借口去宣传我们自己的人生观。所以你无法说对你发动的那股力量的性质不清楚。你是有意要我去触怒布尔乔亚；布尔乔亚如果抗议，我谨此声明该交代的一方是你。

我警告你，如果你企图推卸责任，那么我会疑心你是觉得我这剧本写得太正派了，不合你的口味。十五年过去了，使我变得老了，也庄重了。可是在你的身上，我看不出这种恰当的变化。你的轻浮和你的放肆像黛斯德蒙娜所祈求的爱和安慰：它们是随着你的年岁而增长的。已经没有任何一家仅仅有开创精神的刊物敢于同它们发生牵涉，只有稳重的《泰晤士报》一家才因名声无可指责，能做保护你的清白的老伴娘；但甚至《泰晤士报》也得感谢上苍，幸亏不是每天都有新剧上演，因为每有上演，它的庄严就受到损害，它的套话变成了警句，它的板重变成了机智，它的规矩变成了文雅，甚至它的正经变成了放荡，由于登出了你的戏剧评论；虽然《泰晤士报》的老规矩不让你在评论的末尾署名，但你却设法在字里行间用最放肆的笔态写下了你的姓名。我不知道这是不是革命的预兆。在十八世纪的法国，当人们买一套百科全书而发现其中有狄特罗，末日已经临近了。当我买一份《泰晤士报》而发现其中有你，我的有预感的耳朵也听到了二十世纪押送死刑犯的车轮滚动的声音。……

（《人与超人》序）

5. 贝多芬百年祭
Beethoven’s Centenary

一百年前，一位虽还听得见雷声但已聋得听不见大型交响乐队演奏自己的乐曲的五十七岁的倔强的单身老人最后一次举拳向着咆哮的天空，然后逝去了，还是和他生前一直那样地唐突神灵，蔑视天地。他是反抗性的化身；他甚至在街上遇上一位大公和他的随从时也总不免把帽子向下按得紧紧的，然后从他们正中间大踏步地直穿而过。他有一架不听话的蒸汽轧路机的风度（大多数轧路机还恭顺地听使唤和不那么调皮呢）；他穿的衣服不讲究尤甚于田间的稻草人：事实上有一次他竟被当作流浪汉给抓了起来，因为警察不肯相信穿得这样破破烂烂的人竟会是一位大作曲家，更不能相信这副躯体竟能容得下纯音响世界最奔腾澎湃的灵魂。他的灵魂是伟大的，但是如果我使用了最伟大的这种字眼，那就是说比汉德尔[①]的灵魂还要伟大，贝多芬自己就会责怪我；而且谁又能自负为灵魂比巴哈[②]的还伟大呢？但是说贝多芬的灵魂是最奔腾澎湃的那可没有一点问题。他的狂风怒涛一般的力量他自己能很容易控制住，可是常常并不愿去控制，这个和他狂呼大笑的滑稽诙谐之处是在别的作曲家作品里都找不到的。毛头小伙子们现在一提起切分音[③]就好像是一种使音乐节奏成为最强而有力的新方法；但是在听过贝多芬的第三里昂诺拉前奏曲之后，最狂热的爵士乐听起来也像“少女的祈祷”那样温和了，可以肯定地说我听过的任何黑人的集体狂欢都不会像贝多芬的第七交响乐最后的乐章那样可以引起最黑最黑的舞蹈家拼了命地跳下去，而也没有另外哪一个作曲家可以先以他的乐曲的阴柔之美使得听众完全溶化在缠绵悱恻的境界里，而后突然以铜号的猛烈声音吹向他们，带着嘲

---

① Handel，1685—1759，德国出生的英国作曲家。

② Bach，1685—1750，德国作曲家。

③ 采用切分音的节奏是爵士乐最明显的特点。萧伯纳写本文的二十年代，正是爵士乐开始大为风行的时候。

讽似的使他们觉得自己是真傻。除了贝多芬之外谁也管不住贝多芬，而疯劲上来之后，他总有意不去管住自己，于是也就成为管不住的了。

这样奔腾澎湃，这种有意的散乱无章，这种嘲讽，这样无顾忌的骄纵的不理睬传统的风尚——这些就是使得贝多芬不同于十七和十八世纪谨守法度的其他音乐天才的地方。他是造成法国革命的精神风暴中的一个巨浪。他不认任何人为师，他同行里的先辈莫扎特，从小起就是梳洗干净、穿着华丽、在王公贵族面前举止大方的。莫扎特小时候曾为了彭巴杜夫人[①]发脾气说："这个女人是谁，也不来亲亲我，连皇后都亲我呢 。"这种事在贝多芬是不可想象的，因为甚至在他已老到像一头苍熊时，他仍然是一只未经驯服的熊崽子。莫扎特天性文雅，与当时的传统和社会很合拍，但也有灵魂的孤独。莫扎特和格鲁克[②]之文雅就

① Pompadour，1721—1764，是法皇路易十五的情妇，权势炙手可热几乎有二十年。

② 格鲁克(1714—1787)，奥地利作曲家。

犹如路易十四宫廷之文雅。海顿[①]之文雅就犹如他同时的最有教养的乡绅之文雅。和他们比起来，从社会地位上说贝多芬就是个不羁的艺术家，一个不穿紧腿裤的激进共和主义者。海顿从不知道什么是嫉妒，曾称呼比他年轻的莫扎特是有史以来最伟大的作曲家，可他就是吃不消贝多芬。莫扎特是更有远见的，他听了贝多芬的演奏后说："有一天他是要出名的。"但是即使莫扎特活得长些，这两个人恐也难以相处下去。贝多芬对莫扎特有一种出于道德原因的恐怖。莫扎特在他的音乐中给贵族中的浪子唐璜[②]加上了一圈迷人的圣光，然后像一个天生的戏剧家那样运用道德的灵活性又回过来给莎拉斯特罗[③]加上了神人的光辉，给他口中的歌词谱上了前所未有的就是出自上帝口中都不会显得不相称的乐调。

贝多芬不是戏剧家；赋予道德以灵活性对他来说就是

① 海顿（1732—1809），奥地利作曲家。

② 唐璜的传说在十七世纪前已流行于欧洲，在那以后他成为许多音乐、文学作品中的主人公。

③ 莫扎特的歌剧《魔笛》中的一个代表真理和光明的人物。

一种可厌恶的玩世不恭。他仍然认为莫扎特是大师中的大师（这不是一顶空洞的高帽子，它的的确确就是说莫扎特是个为作曲家们欣赏的作曲家，而远远不是流行作曲家）；可是他是穿紧腿裤的宫廷侍从，而贝多芬却是个穿散腿裤的激进共和主义者；同样地海顿也是穿传统制服的侍从。在贝多芬和他们之间隔着一场法国大革命，划分开了十八世纪和十九世纪。但对贝多芬来说莫扎特可不如海顿，因为他把道德当儿戏，用迷人的音乐把罪恶谱成了像德行那样奇妙。如同每一个真正激进共和主义者都具有的，贝多芬身上的清教徒性格使他又反对莫扎特，固然莫扎特曾向他启示了十九世纪音乐的各种创新的可能。因此贝多芬上溯到汉德尔，一位和贝多芬同样倔强的老单身汉，把他作为英雄。汉德尔瞧不上莫扎特崇拜的英雄格鲁克，虽然在汉德尔的《弥赛亚》[①] 里的田园乐是极为接近格鲁克在他的歌剧《奥菲阿》[②] 里那些向我们展示出天堂的原野的各个场面的。

---

① 汉德尔谱写的宗教歌咏大曲。

② 格鲁克的歌剧，主题是奥菲尤斯下地狱去寻找死去的妻子尤里底西的故事。

因为有了无线电广播，成百万对音乐还接触不多的人在他百年祭的今年将第一次听到贝多芬的音乐。充满着照例不加选择地加在大音乐家身上的颂扬话的成百篇的纪念文章将使人们抱有通常少有的期望。像贝多芬同时的人一样，虽然他们可以懂得格鲁克和海顿和莫扎特，但从贝多芬那里得到的不但是一种使他们困惑不解的意想不到的音乐，而且有时候简直是听不出是音乐的由管弦乐器发出来的杂乱音响。要解释这也不难。十八世纪的音乐都是舞蹈音乐。舞蹈是由动作起来令人愉快的步子组成的对称样式；因此这些乐式虽然起初不过是像棋盘那样简单，但被展开了，复杂化了，用和声丰富起来了，最后变得类似波斯地毯；而设计像波斯地毯那样乐式的作曲家也就不再期望人们跟着这种音乐跳舞了。有一回我还真请了两位训练有素的青年舞蹈家跟着莫扎特的一阕前奏曲跳了一次，结果是差点没把他们累垮了。就是音乐上原来使用的有关舞蹈的名词也慢慢地不用了，人们不再使用包括萨拉班德舞、巴万宫廷舞、加伏特舞和快步舞等等在内的组曲形式，而把自己的音乐创作表现为奏鸣曲和交响乐，里面所包含的各部分也干脆叫作乐章，每一章都用意大利文记上速度，如快板、柔板、谐谑曲板、急板等等。但在任何时候，从巴哈的序曲到莫扎特的《天神交响乐》，音乐总呈现出一种对称的音响样式给我们以一种舞蹈的乐趣来作为乐曲的形式和基础。

可是音乐的作用并不止于创造悦耳的乐式。它还能表达感情。你能去津津有味地欣赏一张波斯地毯或者听一曲巴哈的序曲，但乐趣只止于此；可是你听了《唐璜》前奏曲之后却不可能不发生一种复杂的心情，它使你心理有准备去对将淹没那种精致但又是魔鬼式的快乐的一场可怖的末日悲剧①。听莫扎特的《天神交响乐》最后一章时你会觉得那和贝多芬的第七交响乐的最后乐章一样，都是狂欢的音乐：它用响亮的鼓声奏出如醉如狂的旋律，而从头到尾又交织着一开始就有的具有一种不寻常的悲伤之美的乐调，因之更加沁人心脾。莫扎特的这一乐章又自始至终是乐式设计的杰作。

但是贝多芬所做到了的一点，也是使得某些与他同时的伟人不得不把他当作一个疯人，有时清醒就出些洋相或

---

① 莫扎特的歌剧《唐璜》交织着悲剧和喜剧成分，结局是唐璜被送入了地狱。

者显示出格调不高的一点，在于他把音乐完全用作了表现心情的手段，并且完全不把设计乐式本身作为目的。不错，他一生非常保守地（顺便说一句，这也是激进共和主义者的特点）使用着旧的乐式；但是他加给它们以惊人的活力和激情，包括产生于思想高度的那种最高的激情，使得产生于感觉的激情显得仅仅是感官上的享受，于是他不仅打乱了旧乐式的对称，而且常常使人听不出在感情的风暴之下竟还有什么样式存在着了。他的《英雄交响乐》一开始使用了一个乐式（这是从莫扎特幼年时一个前奏曲里借来的），跟着又用了另外几个很漂亮的乐式；这些乐式被赋予了巨大的内在力量，所以到了乐章的中段，这些乐式就全被不客气地打散了；于是，在只追求乐式的音乐家看来，贝多芬是发了疯了，他抛出了同时使用音阶上所有单音的可怖的和弦。他这么做只是因为他觉得非如此不可，而且还要求你也觉得非如此不可呢。

以上就是贝多芬之谜的全部，他有能力设计最好的乐式；他能写出使你终身享受不尽的美丽的乐曲；他能挑出那些最枯燥无味的旋律，把它们展开得那样引人，使你听上一百次也每回都能发现新东西。一句话，你可以拿所有用来形容以乐式见长的作曲家的话来形容他；但是他的病征，也就是不同于别人之处在于他那激动人的品质，他能使我们激动，并把他那奔放的感情笼罩着我们。当柏辽兹[①]听到一位法国作曲家因为贝多芬的音乐使他听了很不舒服而说“我爱听了能使我入睡的音乐”时，他非常生气。贝多芬的音乐是使你清醒的音乐；而当你想独自一个静一会儿的时候，你就怕听他的音乐。

懂了这个，你就从十八世纪前进了一步，也从旧式的跳舞乐队前进了一步（爵士乐，附带说一句，就是贝多芬化了的老式跳舞乐队），不但能懂得贝多芬的音乐而且也能懂得贝多芬以后的最有深度的音乐了。

（周珏良 译）

① 柏辽兹（1803—1869），法国作曲家。

麦克斯·比尔博姆（1872—1956）

说起二十世纪的英国散文，人们会提到比尔博姆（Max Beerbohm）。他活到八十多岁，从王尔德的文友演变成为三十年代以后广播电台上的常客，经历了文坛上各种流派的起伏，而始终以温和的讽刺见长。他的漫画也很有名，也主要是讽刺文坛人物的。

这里选译他的一篇短文，是写于1954年的广播稿，谈他与名作家亨利·詹姆斯之间的一次来往。

一 件 事

1956年9月14日星期四播讲

我想是1906年初春一个下午吧，我同亨利·詹姆斯之间发生了一件事。后来我觉得这事奇怪地但又确实地像他所写的一篇短篇小说的素材。他写过不少小说是关于这个题材的，即一个年长、地位崇高的伟大作家同一个热诚的青年崇拜者和追随者之间的关系。

我在赴了索默塞特·毛姆在卡尔登旅馆举行的午宴以后，走路回我所住的塞维尔俱乐部，那时候它在劈卡迪里街的南端。一家刚创办的月刊登了亨利·詹姆斯的一篇小说，叫作《天鹅绒手套》。我径直朝俱乐部走去。当时东北风劲吹，我只穿了一件薄薄的大衣，所以走得很急。不过怎么说我也会快走，因为我急于读那篇小说。我还未下完山坡，半路上看见一个似乎熟悉的人在慢慢地向上走。我必须解释一下，以前我只在客厅和餐厅里见过亨利·詹姆斯，给我印象最深的是他那粗浓而又整齐的神气眉毛。而今天他戴了一顶旧的大礼帽，帽檐几乎压在眉上，我也就没有立刻认出他来。他倒看出了我，用他那十分踌躇的方式打了招呼。他说他刚从莱伊的家上伦敦来。他又说他是“一个十足的乡下亲戚”，问我有什么新的画展可看。我总算能告诉他有些很好的画在格拉夫登美术馆展出。他拐弯抹角地问，我是否愿意陪他去看。我感到很荣幸，但使我惊讶的是，我听见自己马上答道：“呵，对不起，我去不了。三点半我得到堪辛顿去。”“啊，”他说，“你们这些年轻人，老是给一大堆约会缠住了。好，好……”就向坡上走去了。

是什么叫我扯了谎？不仅是因为正吹着东北风，我只穿一件薄大衣，怕要慢慢地再爬那坡路一次；也不仅是因为我有一种预感，感到他会像我那样称赞格拉夫登美术馆展览中那幅最好的画——青年画家奥古特斯·约翰的《微笑的女人》。主要是因为上面说过的我急不可待地要读《天鹅绒手套》。

现在我坐在塞维尔俱乐部，读着这篇小说。当然写得极好，但是我发现我的心常要跑野马。小说似乎写得不够典型，没有强烈的詹姆斯本色，比不上他可以用我们之间刚发生的事作为题材来写的，关于一个门徒忠诚地——还是不忠诚地？——爱大师的作品超过大师本身的故事。

（写于1954年）

勃特伦·罗素（1872—1970）

罗素（Betrand Russell）是西方现代最重要的哲学家之一，活到98岁，长长一生中除讲课写书外，还参加政治活动：一战时因不肯从军而坐牢，晚年又发动反对原子武器的抗议运动。他是一个“闹市”而不是“书斋”哲学家，像苏格拉底。

他又是一个能文之士，但却反对舞文弄墨，力求写得准确清楚，自称：“我常常花上好几个小时寻找一种最简短的办法来把一件事表达清楚。为此我宁愿放弃文章的优美。”又说，“我最喜爱十八世纪的斯威夫特，一定程度上还喜欢笛福。从十六岁起，我就形成一种思想习惯，在脑子里对一句话反复思考，直到取得一种优美、清晰和韵律的统一。我对头脑里出现的每一思想都如此对待，尤其追求简洁 。”(《罗素生平》)

同斯威夫特一样，他常运用反讽手法。

这里选译的片段都来自《记忆中的画像》(1956)，是他晚年所作。在这本回忆录里，他谈人生，艺术，文学，历史，当然也谈哲学，谈过去的熟人，有许多深入的观察，精辟的见解，用的仍是他那平易、简洁的散文，只不过更加炉火纯青，有时还不乏一种热辣辣的老姜味道。

《记忆中的画像》（1956）选段
From *Portaits From Memory*

准确，模糊，自我欺骗

我试着把数学和科学的准确的演示方法带到一向只有模糊的推测的领域里去。我喜欢准确，轮廓分明，而恨迷雾般的模糊。不知为什么——我自己不懂原因何在——这使公众中一大部分人把我看成一个缺乏热情的冷淡的人。似乎人们以为一个热情的人必须陶醉于自我欺骗，愿意生活在一种愚人的天国中，由于没有任何其他天国可得。我不能同情这种观点。

新智慧

但是不论路途如何崎岖，我深信新世界迟早会学到它所需的新智慧，而历史的最好部分也在将来，不在过去。

史诗世界与现实

奥迪赛〔荷马史诗〕的世界是有吸引力的。一个人可以从一个岛驶向另一岛，而每处都有美丽的女士准备接待他。可是现在有移民限额，干扰了这种生活。

智慧的要素

我以为智慧的要素在于尽可能从此时此地的专制下解放出来。

怎样看待纪律

我以为儿童需要一种固定的生活制度，不过有些日子可以不执行。我也以为一个人如果要在长大时适合社会，那么小时候就应该认识他不是宇宙的中心，他的愿望也往往不是一个场合里最重要的因素。我还觉得在许多进步学校里实行鼓励独创性而不注意技术训练是一个错误。进步教育里有些东西我很喜欢，特别是说话自由，可以无拘束地探索人生的实际，没有那种把说一个脏字眼看得比干一件不仁慈的事更坏的可笑的道德观。但我又认为那些反抗不明智的纪律的人往往做得太过分，忘记了某些纪律是必要的，特别在知识的获取方面。

智慧与力量

常有人说，我所提倡的那种观点使得行动无力。我以为历史并不支持这种说法。英国的伊丽莎白女王和法王亨利四世都生活在一个几乎人人都是狂热分子的世界里，不是站在新教立场就是站在天主教立场，而他们两人都能避免他们时代的错误，因此反而做了有益的事，而且他们肯定不是没有力量的。亚伯拉罕·林肯领导了一场大规模战争，而片刻也没有离开我所称的智慧。

英　雄

英雄的生涯是受英雄的壮志激励的，一个认为没有大事可干的青年必定成不了大事。

伟大的品质

一切形式的伟大，不论属于神或属于魔，都有某种品质；我不愿看到这种品质被对于平庸的崇拜所削平。

奇怪的爱好

人们看电影，听广播，瞧电视。他们又沉浸于一种奇怪的爱好，喜欢尽快地变动他们在地球表面上的位置，而同时又力图使地球表面的所有部分都显得一个样子。

为什么缺乏伟大的历史著作

伟大历史著作的衰落只是伟大著作衰落的一部分。今天的科学之士写不出可同牛顿的《纲要》或达尔文的《物种起源》相比的书。诗人们也不再写史诗。

卡莱尔谈到他的法国革命史时说那部书本身就是一次法国革命。这话是对的；正因这样，此书有一种持久的优点，尽管作为历史记录它并不合格。你读着它，就会了解人们为什么做了他们所做的，这正是一本历史书应该使读者做到的。

论萧伯纳

他在辩论中十分出色，但表达自己的意见差一点，有点乱，到他晚年服膺了系统的马克思主义之后才有所不同。他有许多很值得赞美的品质。他完全无畏，总是有力地说出自己的看法，不论这看法是否受人欢迎。他无情地对待那些不值得怜悯的人，但是有时也同样对待一些不该受他攻击的人。总起来看，我们可以说他做了很多好事，但也造成一些损害。作为一个偶像的破坏者他值得称赞；作为偶像本身，他就远不是那样值得称赞了。

劳伦斯引向何方

他有一种关于“血液”的神秘哲学是我所不喜欢的。他说:“除了脑——和神经——之外，还有一个感觉中心，独立存在于一般的心的感觉之外。一个人生活，思想，存在于血液之中，同神经和脑子毫无关系。这是生命的一半，属于黑暗。当我占用一个女人，这血的感觉就变得至高无上，我的血的知觉也超越一切。我们应该认识我们有一个血的存在，血的感觉，血的灵魂，完整而独立于脑和心的感觉之外。”我认为这完全是胡说，曾经猛烈反对，不过当时我还不知道它会直接引向奥斯威辛〔纳粹集中营〕。

桑塔亚那非哲学家[①]

桑塔亚那似乎从来没有觉察到，如果他能把对过去的忠诚变得普遍，就会产生一个无生命的世界，任何新的好东西都无法在里面生长。……至今仍无疑问的是，新的东西永远不能像旧的东西那样成熟，因此崇拜成熟就无法适应新的卓越成就。这就是为什么桑塔亚那的优点是文学上的，而不是哲学上的。

“普通语言”哲学家的毛病

让我们举一个比较公道的例子，如不朽问题。正统的基督教断言我们能超越死亡。这一断言是什么意思？在什么含义下（如果有任何含义的话）这一断言是真的？我所谈的“普通语言”哲学家会考虑第一个问题，而说第二个问题与他们无关。我完全同意：在这种情况下讨论一句话

① 本书另有桑塔亚那的文章选段。此外请参阅本书中艾德蒙·威尔逊谈桑塔亚那的文章。

是什么意思是重要的，作为考虑实质问题的前奏也是十分必要的，但是如果对实质问题不置一词，那么讨论一句话是什么意思就是白费时间。这些哲学家使我想起一个商店老板，有一次我问他去温彻斯透最近的路怎样走，他向店堂后面一个人高声喊道：

“一位顾客问去温彻斯透的最近的路。”

“温彻斯透？”一个看不见的人回答。

“是。”

“去温彻斯透的路？”

“是。”

“最近的路？”

“是。”

“不知道。”

这个人想把问题的性质弄清楚，但对于回答问题本身不感兴趣。这就是现代哲学如何对待寻求真理的人。能怪青年人转而研究别的学问么？

一个哲学家的寂寞

十一点，停战协定宣布的时候，我正走在托顿姆考特路上。在两分钟之内，所有店铺和办公室的人都涌到街上。他们截住了公共汽车，要它们开向他们要去的地方。我看见一个男人和一个女人互不相识，在街心遇到，彼此亲吻又走开。群众欢庆，我也欢庆。但我仍然同以前一样感到寂寞。

总是有怀疑主义的智慧，在我最希望它静默的时候，向我低声诉说着它的疑心，这就把我从别人的轻易的乐观分割开来，把我带进一个荒凉的寂寞境地。

里顿·斯屈奇（1880—1932）

斯屈奇（Lytton Strachey）属于“布卢姆斯伯里”文人圈子，在第一次世界大战以后的年月里以写新型传记出名，此外他也写过颇有新见的文论。

十九世纪末的英文传记往往用冗长的篇幅叙述主人公一生的光荣业绩，以捧场为主。斯屈奇对此不以为然，改而用一种带点讽刺味道的笔法写显要人物的心理活动，挖掘其秘密的动机，打开了传记文学的新局面。加上他善于叙事，风格优美，造成了一时影响。但他有时为了追求效果，不惜改动或臆测事实，也为世所病。而传记的写法，在英美现已复归穷究事实，卷帙浩繁的长篇，斯屈奇的改革也终未继续下来。

虽然如此，他所写的各书仍然引人入胜，很有文字魔力。这里从其名著《维多利亚女王传》（1921）选译两节，略见一斑。

《维多利亚女王传》（1921）选段
From *Queen Victoria*

阿尔伯特亲王的专门知识

为了研究是否可以利用重建国会两院的机会鼓励联合王国的艺术的问题，即将成立一个皇家委员会。首相庇尔凭他的敏锐的判断力，邀请亲王担任委员会主席。这正是一项适合阿尔伯特的工作：他爱好艺术，他办事讲究方法，他喜欢接触——密切而又不失身份的——显要人物，这些都能在这项工作里得到满足。果然，他带着热爱投入了它。他在委员会第一次会的开场白里说到该把要讨论的题目分成“范畴”，有的成员有点害怕了，因为他们认为这一名词带有德国形而上学的危险色彩。但当他们看到亲王殿下对于壁画的技术过程有非凡的专门知识，他们的信心恢复了。在讨论到装饰新屋墙面的美术品是否应起道德作用的时候，亲王强烈地主张应该这样。他指出，虽然许多人对于这些装饰品不过顺路看一眼，画家却不应因此就忘了还有别的人会带着思考的眼光来审视它们。这一理由说服了委员们，于是决定画上的题材必须是能促人上进的一类。按照委员会的指示，壁画完成了，可是不幸的是，没过多久它们就变得——即使对于最富于思考的眼光——完全看不清了。似乎亲王殿下对于壁画的技术过程的专门知识还不够全面。

女王与首相

青春和快乐给每一时刻镀了金，日子过得十分开心，而每个日子都跟着墨尔本勋爵转动。她的日记至今仍然清晰地让我们看到这位年轻君主在登基最初几个月里的生活——令人满意地有规律，充满了有趣的公务，同时又有简朴的乐趣，主要是骑马、吃东西、跳舞之类的切身享受，总之是一种节奏快、自在、绝少时髦社会习气的生活，本身就完全充实，无须外求了。早晨的阳光照在日记的册页上，而在这玫瑰花般的光圈里出现了“M. 勋爵”的身影，比实际更光彩，至高无上。……我们至今还看到他们在一起，奇妙的一对，在日记的朴实无华的册页里奇幻地双双出现，被八十年前黎明的光照得神奇地发亮；一个是仪表修整的高层绅士，须发灰白，浓眉，灵活的嘴，善于表情的大眼；在他旁边是小个儿女王——白皙，苗条，文雅活泼，穿着朴素的姑娘服装和小披肩，抬头看着他，热切地，崇敬地，张着蓝色的凸眼，嘴唇半开着。他们就这样出现在日记的每一页，每一页上都有 M. 勋爵，M. 勋爵在说话，M. 勋爵在开玩笑，给人教益，同时又愉快而体贴，而维多利亚则吮进他每一句甜言，笑得露出了牙肉，尽力想记住每个字，等他一走就立刻跑去记在日记本上。他们的长时谈话接触到许多题目。M. 勋爵评论书籍，讲一两句对于英国宪法的看法，顺便也谈人生，并且一个接一个地讲十八世纪伟人的故事。当然还谈公事——也许是加拿大总督德仑勋爵来了报告，M. 勋爵就当面念起来。但首先他得稍加解释，“他说我应该知道加拿大原属法国，1760 年才由于伍尔夫率军远征而割让给英国。‘那是一个大胆的举动’，他说，加拿大原来全归法国人，英国人后来才去。……M. 勋爵解释得很清楚（比我这里写的清楚得多），还说了许多别的有关的话。然后他就把德仑勋爵的报告念给我听。报告很长，他念了半小时之久，念得很好，声音柔和悦耳，而且常带表情，不用说我是感到了很大兴趣”。谈完公事，也谈私事。M. 勋爵谈过他少年时代，她听到他说“那时他留长发，当时小伙子都这样，直到他十七岁——（他在那年龄该是多么英俊啊！）”，她也发现了他的一些奇怪习惯和趣味——例如他从不戴表，真特别！“M. 勋爵说：‘我总是问我的用人什么时刻了，他就随他的意思回答我。’”有一次，看见乌鸦在绕着树飞，“像是要下雨了”，他说他可以坐着看乌鸦一小时也不厌，“而听我说不喜欢乌鸦感到惊奇……M. 勋爵说：‘乌鸦是我的乐趣’”。

弗琴尼亚·吴尔夫（1882—1941）

吴尔夫（Virginia Woolf）以现代派小说著称，长篇如《达罗微夫人》（1925）、《到灯塔去》（1927）、《浪》（1931）等广泛采用意识流的手法，文字细腻，表现了一个二十世纪妇女作家的敏感。

她的文论和随笔也写得出色，特别是收在《普通读者》一、二集（1925；1932）里的各篇见解新颖（如对于英国现代小说的剖析，批评了高尔斯华绥等人，而大力推崇俄国小说），写法也灵活多姿，令人爱读。

她又是女权主义运动的先驱，所作《一间自己的房间》（1929）从文学创作的角度说明妇女的天才怎样受到男性中心社会的压抑，认为女作家如想有为，首先得在经济上独立和生活上不受干扰，才能去“写你想写的东西，这才是唯一重要的事”，对此作任何让步就是“最卑鄙的背叛”。

她提倡一种“女性的句法”，即一种清澈、灵秀的写法，她自己的文章是做到了这一点的。

《普通读者》（一集，1925）选段
From *The Common Reader*

英国小说现状

如果试着把我们的意思用一个词说出来的话，我们就会说：这三位（高尔斯华绥、威尔斯、班内特）都是物质主义者。由于他们只注意肉体而不注意精神，所以使我们失望，并给我们一种感觉，即英国小说越快拒绝他们，不管用什么客气的方式，越快另走一路，哪怕走进沙漠，就越对它的灵魂有益。

……

所以如果我们在他们的作品上挂一个标记：“物质主义者”，我们的意思是：他们写的是不重要的东西。他们用了绝大的本领和绝大的辛勤，却只为了使琐碎的过眼烟云式的东西显得是真实的和持久的。……当前流行的小说形式

容纳不下我们所寻找的东西，它溜走了，不愿再被包藏在人们所提供的不合适的衣服之内。……生命不是一溜整齐排列的街灯；生命是一个明亮的光轮，一个半透明体，它把我们包在里面，从我们有知觉之时起一直到知觉终止之日。小说家的工作难道不是传达这种变动不已的、未知的、不受拘束的精神，不管它会变得怎样怪僻、复杂，而尽量少掺一些异己的、外来的东西么？

俄国小说的深刻性

确实，俄国小说的主角是人的灵魂，在契诃夫是微妙、幽深的灵魂，随着无穷的喜怒哀乐而变化；在陀斯妥耶夫斯基则是更深更广的灵魂，它可以突染恶疾或忽发高烧，但仍然是作品中心。

人生控制了托尔斯泰，一如灵魂控制了陀斯妥耶夫斯基。在花朵的中心，光彩耀目的花瓣之中，总有一条蝎子，在问："为什么要活着？"

要对现代英国小说发表几句最起码的议论的话，那就无法不谈俄国人的影响，而一谈俄国人我们就不能不冒风险，说出一种感觉，即如果写小说而不写俄国式的，那就是浪费时间。

一个伊丽莎白朝剧本的得失

她[1]总是处于激情的高峰，而不是出现在激情初起时。拿她同安娜·卡列尼娜比一下吧。那个俄国女人有血有肉，有神经和脾气，有心、脑、身体、智慧，而这个英国姑娘是平面的，粗糙的，像是扑克牌上画的一张脸，没有深度，广度，没有曲折。但我们这样说时，我们又清楚我们遗漏了什么。我们让剧本的意义溜走了。我们忽略了正在积累起来的情感，因为它积累在我们未曾预料的地方，我们是在把剧本同散文相比，而剧本毕竟是诗。

剧本是诗，我们说，而小说是散文。让我们把二者放在一起，棱角对棱角，回忆一下，尽量把每个当作整体来考虑。这样一来，它们之间的主要差别就出现了：一个是篇幅很长，有充分时间来从容构筑的小说；一个是短小、紧凑的剧本。在小说里，情感被分成小块，撒开去，又编

① 指伊丽莎白朝剧作家约翰·福特的剧本《可惜她是一个娼妇》中的女主人公安娜贝拉。

织起来，慢慢地形成一个大整体；在剧本里，情感集中，普遍化，高昂化。多少强烈的时刻，多少叫人吃惊的美丽词句，从剧本里向我们扑来：

哦，老爷们，
我不过是用怪诞的姿势欺骗你们的眼睛，
当消息一个紧接一个传来了
死，死，死！而我还跳舞上前；

或者这样的台词：

你常为了这两片嘴唇
忽略了肉桂和紫罗兰的
天生的芳香，这红唇还没有凋谢。

而完全真实的安娜·卡列尼娜决不会讲：

你常为了这两片嘴唇
忽略了肉桂……

有些最深的感情是她所达不到的。极端的激情不是小说家能有的，音与义的完美结合也不是他能有的；他必须约束他的快步，使自己习于拖沓；必须眼睛朝地，而不是抬头看天；通过描写来暗示，而不是电光闪耀似的启发，不是唱着

把一个花环放在我的
　　阴沉的紫杉木棺上；
姑娘们，佩起柳枝，
　　说我死而忠贞，

而必须一一写出墓上凋谢的菊花和殡仪员坐着四轮马车抽鼻子而过。我们又怎能把这种笨重、迟缓的艺术同诗相比？诚然，小说家有许多小聪明的手法能使我们知道这是一个个人，认识那是一件真事，戏剧家则超越个别，不是让我们看到安娜贝拉在恋爱，而是看到爱情本身；不是安娜·卡列尼娜跳进车轮之下，而是毁灭，死亡，以及

灵魂像黑色风暴中的船，
飘向无人知道的地方。

这样，我们是带着可原谅的急切的喊声而闭上我们的伊丽莎白朝剧本的。那么，我们又是带着什么样的喊声闭上我们的《战争与和平》呢？不是失望的喊声；我们并不叹息小说家艺术的肤浅，也不责备它的琐碎。我们倒是更加认识到人的感觉的无穷无尽的丰富。

……

就这样我们漫步穿越伊丽莎白朝戏剧的丛林。就这样，我们同皇帝、小丑、珠宝商、独角兽结伴而行，笑着，欢跃着，惊奇于这一切的光彩，幽默，奇幻。一种高贵的怒火在烧着我们，幕布降下了。同时我们又感到厌烦，那些老一套技巧和浮夸的辞藻更使我们恶心。十几个成年男女的死还不及托尔斯泰写的一只苍蝇的痛苦使我们感动。游荡在这些不能成立的、冗长无比的故事的迷宫里，突然一股强烈的激情抓住了我们，一种崇高感使我们向上，一曲动听的歌使我们迷醉。这是一个充满沉闷和愉快、乐趣和好奇心、放纵的笑声、诗和光彩的世界。可是慢慢地，我们又想问：还有什么没让我们得到？还有什么是我们越来越想得到，如果不能得到就要立刻到别处去寻的呢？这就是孤独。这里没有个人的不受打扰。总是有门在开，有人在进来，一切是共有的，看得见，听得出，戏剧化了。而我们的心像是厌倦于老同别人在一起，偷偷地溜走了，去孤独地沉思，去思想而不是去行动，去议论而不是去分享，去探索自己的黑暗，而不是欣赏别人的亮闪闪的表面。我们的心转向邓恩，蒙田，汤玛斯·勃朗爵士，转向那些替孤独守着钥匙的人。

奥尔德斯·赫胥黎（1894—1963）

这个赫胥黎（Aldous Huxley）是著《天演论》的老赫胥黎的孙子。他在二十世纪二十年代崛起于英国文坛，以小说著称；二战前移居美国，长期住在加利福尼亚，继续写小说。他对当代文化多所讥刺，一度吸引知识分子读者。他的散文也写得好，这里译的《论舒适》就是名篇之一，从中可以看出他学识丰富而才思敏捷，常能道出前人未能看出的生活小事与大的历史文化之间的联系。

论舒适
Comfort

一桩新鲜事物

法国的旅店老板们把它叫作“现代化的享受”，他们说得很好。讲舒服这件事确是近代才有的，比发现蒸汽要晚，发明电报时它刚刚开始，而比发明无线电也不过早个一二十年。使自己舒服，把追求舒适作为目的这一人类能给自己提出的最有吸引力的事是现代的新鲜事物，在历史上自罗马帝国以来还从未有过。我们对于非常熟悉的事情总是认为当然，不假思索的，好像鱼儿对待生活在里面的水一样，既不觉奇特也不觉新鲜，更不会去想一想有什么重大意义。软椅子，弹簧床，沙发，暖气，经常能洗热水澡，这些和其他使人舒服的东西已经深入到不算太富裕的英国资产阶级家庭日常生活里，而在三百年前就连最伟大的帝王可是做梦也想不到的。这件事很有趣，值得考查一下，分析一下。

首先使我们注意到的是我们的祖先生活得不舒服基本上是出于自愿。有些使人们生活舒服的东西纯粹是现代才发明出来的；在发现南美洲和橡皮树之前，就无法给车装上橡皮轮子。但就大多数来说，使我们过得舒服的物质基础里却并没有什么新鲜东西。在过去的三四千年里，任何时候人类都可以造出沙发，吸烟室里的软椅，也可以安装上浴室、暖气和卫生管道。实际上，在某些世代人们也确实有过这些享受。约在公元前两千年诺色斯[①]地方的居民就知道用卫生管道。罗马人曾发明一种复杂的用热空气取暖的系统，而一座漂亮的罗马别墅里洗澡设备的奢华和完备更是现代人做梦也想不到的。那里有蒸汽浴室，按摩室，冷水池，和墙上画有不甚正经的壁画（如果我们可以相信西东尼斯·阿波里纳里斯[②]的话）的不冷不热的晾干室，那里有舒服的榻床，你可以躺在上面和朋友聊天，等身上的汗落下去。至于公共澡堂，那就更是奢华到几乎难以想象了。罗马的哲人政治家塞尼加[③]说过："我们已经奢华到了在浴池里如果脚下踩不到宝石就不满意的地步了。"澡堂大小和设备的完善也不下于它奢华的程度。罗马皇帝戴阿克里欣[④]的澡堂里的一间浴室就曾被用来改成一座大教堂。[⑤]

还可以引用许多例证来说明我们的祖先所拥有的有限手段是如何可以利用来使得生活舒服的。这些例证很清楚

① 公元前 1700—1400 年爱琴海克里地岛上的古城。

② 五世纪拉丁作家。

③ 约生于公元前 4 年，卒于公元 65 年。

④ 生卒于公元 284—305 年。

⑤ 指的是梵蒂冈的西斯廷教堂，里面有文艺复兴艺术大师米开朗琪罗的有名的《创世纪》壁画。

地说明中古时代和现代早期的人们在生活上之所以既不讲卫生又不会舒服并不是缺少改变他们生活方式的能力，而是因为他们愿意那样，因为肮脏和不舒服适合于他们政治上、道德上和宗教上的原则和偏见。

舒适与精神生活

舒适和清洁与政治、道德、宗教又有什么关系呢？粗粗看上去人们会说在圈手椅和民主制度、沙发和家庭制度的松弛、热水澡和基督正统教义的衰亡之间既没有也不可能有什么因果关系。只要仔细看一下，你就会发现在现代生活中对舒适的要求的增长和现代思潮之间存在着极为密切的关系。我希望在本文里能说清这种关系，能阐明为什么艺术发达的十五世纪的意大利王公贵人，伊丽莎白女王时代的英国人，甚至全盛时代的法国国王路易十四都不可能（不是物质上而是心理上不可能）生活在罗马人能叫作像样的清洁卫生环境里，或者享受一下对我们是不可缺少的生活上的舒适。

先谈谈圈手椅和暖气。我准备说一下，这些事物只有在封建专制制度瓦解和旧式家庭和社会等级衰亡之后才可能出现。软椅子和沙发之所以存在是为了使人们可以懒洋洋地靠在上面。在一张精致的现代圈手椅上你也只好靠着。而这种姿势是既不足显示尊严又不能表达恭敬的。要打算显得神气或者训斥下属，我们总不能躺在软软的椅子里两脚蹬在壁炉架上，而必须坐直了，摆起架子才成。同样，要对一位夫人表示有礼貌或者对尊长表示敬意，我们也不能靠在那里，就是不站起来也得挺直腰板儿坐着。在过去的人类社会里有一套等级制度，每一个人都要对下显示尊严对上表示恭敬。在这种社会里，斜靠地坐着是绝对不可能的。路易十四在他的朝臣面前不可能这样做，而他的朝臣在他们的皇上面前也不可能这样做。只有亲临议会时，法兰西皇帝才能当众倚在御榻上。在这种场合，他要斜倚在一张名为“正大光明”的榻上，王公们坐着，大臣们站着，其他的小家伙都得跪着。讲舒服被宣布为帝王的特权。只有皇帝可以伸直了腿。我们也可以相信，这腿也会伸得非常有帝王气概。这样斜倚着，纯粹是礼仪上的需要，毫不丧失尊严。不错，在通常日子里皇帝是坐着的，但要庄严端坐；帝王的尊严是不能不保持的。（因为，说到底，帝王的尊严基本上也就是保持外表上尊严的问题。）同时朝臣们也要保持臣服的外表，或是站着，或者因为官高并是皇室近支，甚至在皇上面前也可坐在凳子上。朝廷上如此，贵族家庭里也如此。皇帝和朝臣的关系也是绅士和他的家人，商人和他的学徒和仆人的关系。毫无例外，在上的要显示出尊严，在下的要表达出服从以分清上下；这样谁还能不坐直了呢？就是在亲密的家庭关系里也是一样；父母像教皇和贵族一样以天赋的权力统治一切；儿女们就是臣民。我们的祖先对摩西十诫的第五诫①是非常认真的——如何认真可从下一事例中看出。在伟大的加尔文②以神权统治着日内瓦的时代，有一个孩子因为打他的父母竟被当众枭首。孩子们在父母面前坐不正，也许不致有杀头之罪，但也会被认作大不敬，要遭到鞭笞、不许吃饭或关禁闭。为了没有举手到帽檐向他致敬这一件小事，意大利贵族维·岗扎加③就把自己的独生子踢死；要是他的儿子竟当着他的面斜靠在椅子里会惹得他干出什么事来，这真叫人不敢想下去了。儿女不能在父母面前歪着靠着，同样，父

① 摩西十诫第五诫是：要尊敬父母。

② 法国基督教改革家，生卒于1509—1564年。

③ 生于文艺复兴时代。

母也不能在儿女面前歪着靠着，怕的是在有责任尊敬他们的儿女面前降低了自己的威严。因此，我们看到，在二三百年前的欧洲社会里从神圣罗马皇帝、法国国王到最穷的乞丐，从长须的尊长到儿童，任何人都不可能在人前不端端正正坐着。古代的家具就反映出使用它们的那个等级社会的生活习惯。中古和文艺复兴时代的工匠有能力造出圈手椅和沙发使人坐上去和今天的产品一样舒服，但社会既是那样，他们也就不去造它了。实际上，直到十六世纪，连椅子也是少见的。在那以前，椅子是权威的象征，现在委员会的委员们可以靠在椅子上，国会议员也坐得很舒服，但有权威的还是主席，或者叫作“坐在椅子上的人”（Chairman），权威还是产生于一张有象征性的椅子。中古时代只有大人物有椅子。他们旅行时要带着自己的椅子以便一刻也不离开他的外在的、看得见的权威标志。就是在今天，宝座还跟皇冠一样是皇权的象征。中古时期，就是能坐下时，平民们也只能坐在长短凳或长椅子上。在文艺复兴时期，随着富裕的独立资产阶级的兴起，使用椅子才随便起来。买得起的就能坐椅子，但要端坐受罪；因为十六世纪的椅子还是宝座式的，谁坐上去都不能不被迫采取令人受罪的有威严的姿势。直到十八世纪时老的等级制度崩溃了，才有使人舒服的家具。但就是那时，也还不能在上面随意歪着靠着。可以在上面随意让人（先是男人，随后是妇女）歪着的圈手椅和沙发（sofa）是直到民主制度巩固树立起来之后才出现的，是中产阶级发展壮大起来，老规矩不存在了，妇女解放了，家庭里的限制消失了之后才出现的。

暖气和封建制度

适当的房屋供暖是现代化的享受另一个组成部分，而这件事在古代社会的政治结构下也是不可能的，至少对当时的权势者是不可能的。在这一点上，市民比贵族强。住房较小，所以他们还能暖和些。但是王公贵族和皇帝、红衣主教却要住在和自己身份相称的宏伟壮观的殿堂里。为了证明比别人要高贵些，他们不得不置身于超乎一般大小的环境里。他们在溜冰场大小的敞厅里接见客人；他们常由大群人簇拥着穿过像阿尔卑斯山隧道那样长而多风的走廊过道，又要在恰像尼罗河的瀑布给冻结成大理石那样的楼梯上走上走下。在那种时代里做一位大人物就要花许多时间安排豪华的芭蕾舞等等表演，而这就要有宽敞的地方才能容得下演员和观众。皇宫和贵族的府邸甚至普通的乡绅住宅都要那么高大，这就是原因。他们就好像是巨人一样要住在十丈长三丈高的屋子里，否则就不合身份了。真豪华，真宏伟，可又是多么冷飕飕的呀！在我们今天，靠自己的本事奋斗上来的大人物没有必要和那些天生的贵人比阔气来维持自己的地位，因之他们宁可少摆点架子而多图点舒服，住进了小一点但可以取暖的屋子。（过去的大人物在他们闲暇的时间也是这么办的；大多数古老的宫殿都有些小套房间，宫廷上的大场面结束后，宫殿的主人就退居到那里去。但是大场面往往时间拖得很长，过去的不幸的王公贵人也就不得不摆起排场在冰冷的殿堂里和冷飕飕的走廊过道里度过许多时间。）有一次在芝加哥的郊区开车，有人领我去看一所房子，房主据说是全城最阔和最有势力的人。那所房子中等大小，有十五到二十间不大的房间。这很使我诧异，并想起我本人在意大利住过的那些巨大的宫殿来（租金比在芝加哥存一辆福特汽车花的钱要少得多）。我还记得那大排大排的有通常舞厅大小的卧室，有火车站那么宽敞的客厅和宽得可以容两辆小卧车并排开过的楼梯。宏伟的宫殿，住在里面真觉得自己高人一等！可是一想起二月间从阿平宁山那边刮过来的怕人的风，我又觉得芝加哥那位阔人不去学另一个时代在不同的国家和他同样的人那样，把财富花费在排场上是有道理的了。

洗澡和道德

是皇权、贵族和古代社会等级制度的没落才使我们获得以上谈到的现代享受的两个组成部分；至于第三个组成部分，洗澡，我想至少部分地应当归功于基督教道德的衰败。在欧洲大陆上，而据我所知也在别处，现在都还有修道院学校，在那里面年轻的淑女受到一种教养使她们深信人体是一种不洁和猥亵的东西，不但看到别人的光身子就连看自己的也是犯罪的。就是在准许她们洗澡时（在每两星期的星期六），也要求穿上一件长达膝下的衬衣。甚至还要教会她们一种特殊的换衣服的技巧以保证她们越少看见自己的身体越好。幸好这类学校现在只存下个别的了，但在不久之前还是很普遍的。这类学校继承的是基督教的苦行传统，这个崇高传统由圣安东尼[①]和那些底比斯的不洗

① 埃及的基督教苦行主义者，约生卒于公元250—356年间。

脸、营养不足和禁欲的僧侣传下来几百年直到今天。因为这个传统削弱了，妇女才总算得到了经常洗澡这种享受。

早期基督徒对洗澡是全然不热心的；但是说句公道话，基督教的苦行传统倒也不一贯敌视洗澡这件事的本身。早期基督教的长老们觉得罗马人洗澡时男女混杂得惊人，这是自然的。但是他们里面较温和是准备有限制地允许人们洗澡的，只是不要搞得不像样子。最后把罗马人的豪华澡堂搞掉的，除了基督教的苦行主义之外，还有来自北方的野蛮人的破坏。实际上在笃信基督教的时代洗澡也曾经复兴一时。十字军从东方回来，带来了东方的蒸汽浴，似乎在欧洲颇为流行。为了某种不易了解的理由，洗澡的风气慢慢衰落了，十六世纪末期和十七世纪初期的男人或女人之间不讲卫生和他们野蛮人的老祖宗不相上下。这种起伏可能与医学理论和宫廷的风气有关。

苦行主义的传统总是对妇女特别严格。在他们的日记里，法国的龚古尔弟兄[①]曾记下在法兰西第二帝国时代上层社会里有一种流行的观点认为，洗澡风行以来，妇女的

---

① 爱德门和儒尔·龚古尔弟兄是法国十九世纪的艺术评论家、历史学家和小说家。

娴静和道德水平是大为降低了。从此得到的必然推论显然是:“女孩儿家要少洗澡。”青年女士们喜欢享受洗澡乐趣的应当感谢伏尔泰的嘲讽和十九世纪科学家的唯物主义。假如没有这些人来打破修道院学校的传统，她们恐怕直到今天也还同她们的先辈一样地娴静，也同她们一样地不讲卫生。

舒适与医学

然而，喜爱洗澡者最应感激的还是医学家。微生物传染的发现鼓励了讲卫生。今天我们是以印度教徒那样的宗教热情来对付洗澡的。洗澡对我们来说已经成为具有魔力的仪式，可以保护我们不受那些体现在喜爱肮脏的细菌上面的邪恶势力的毒害。我们甚至可以预言这种医学宗教还会进一步破坏基督教的苦行传统。自从发现阳光对人的好处以来，从医学上来说，穿过多的衣服就成为一种罪恶。不害羞已成为一种美德。很可能要不了多久，对我们来讲声望犹如原始人间的巫医那样的医生们就会要求我们一丝不挂的了。到了那时也就达到了使衣着越来越舒服的最后阶段。这个过程已经进行了有一段时间，先在男子中间，然后在妇女中间，而其间决定性的因素就包括等级制度下的繁文缛节和基督教道德的衰微。在他那本记载了格莱斯东[①]去世前不久访问牛津大学的描绘生动的小册子里，佛莱彻先生记下了那位德高望重的老人对牛津学生的衣着的评论。看来他对学生们穿衣服既不整齐又不考究是很恼火的。他说他年轻时青年人身上总要有值百把英镑的衣服和饰品，而每一个有自尊心的青年最少也要有一条他穿上后从不坐下的裤子，怕那样一来会走了样子。而格莱斯东去访问牛津时，那里的学生还是穿浆得很硬的高领衬衫和戴圆顶礼帽的。我们不知道如若他看见当前大学生们穿的敞领衬衫和花里胡哨的毛衣和松松垮垮法兰绒裤子的话，他会作何感想。人们从来也没有像现在这样不讲究维持尊严的外表的了；这样随随便便是从未有过的。除去最庄严的场合，人们都可以不考虑级别地位而穿他觉得最舒服的衣服。

使妇女们不能舒适的障碍既有道德方面的也有政治方面的。妇女除了行动上不得不循规蹈矩之外，还要服从基督教苦行道德的传统。在男人早已放弃他们不舒服

① 名威廉，英国政治家，曾四任首相，生卒于公元1809—1898年。

的礼服之后很长的时间内，妇女仍然为了庄重的缘故而忍受极大的不便。是世界大战把她们解放了出来。妇女一旦参加了战时工作，她们马上发现那种传统的端庄的衣着和工作效率很不相容。她们选择了效率。等到发现了少端庄一点的好处后，她们就再也不肯回到老样子去了，这大大改进了她们的健康，也增加了她们个人的舒适。现代时兴的衣服之舒服是妇女们过去从未享受过的，甚至希腊人或许都没有这么舒服过。不错，他们的内衣是再合理不过的；但是，她们的外衣，和印度妇女的服装一样，只不过是拿一块布裹在身上再用别针别上就算完了。没有哪一位妇女会感到要靠别针来保持自己的仪态是真正舒服的。

舒适本身就是目的

因传统的人生哲学发生变化而成为可能的舒适这件事，现在已经自行发展了。因为追求舒适已成为一种生理习惯，一种风气，一种本身就值得追求的理想。世界上使人舒服的事越多，人们也就越觉得它的可贵。尝过什么叫舒服的滋味的，不舒服对他就成为一种真正的折磨。崇拜舒适的风气是任何其他风气同样厉害的。此外，和提供使人舒服的条件紧密结合的有巨大的物质利益。好舒服的习惯一减退，制造家具的、暖气设备的和管道设备的商家都吃不消。利用了现代广告术，他们有法子迫使它不但存在而且发展。

在简短地追溯了现代享受精神上的来源之后，我还得就它的影响说两句话。我们要得到什么总不免要付出些代价，因之要舒服就要以失去别的同样有价值甚至是更为有价值的东西来作为代价。当前一位有钱的人盖房子一般总是首先考虑他未来的住所是否舒服。他要花一大笔钱。因为舒适的代价是很高的：在美国，人们常说水暖俱全、房子出让。在洗澡间、暖气设备和带软垫的家具等等上面，花了这笔钱，他就觉得他的房子是十全十美的了。若在以前的时代，像他这样的人却首先会考虑他的房子是否华丽，是否给人以深刻印象——换句话说，就是先考虑美观再考虑舒服。我们同代人花在浴室和暖气上的钱在过去就会花在大理石楼梯、宏伟的外表、壁画、一套套金碧辉煌的房间和绘画雕像上。十六世纪的教皇们的居住条件之不舒服，在一位现代银行家看来会是不能容忍的；但是他们有拉斐尔[1]的壁画，他们拥有西斯廷教堂，还有镶有古代雕塑的长廊。难道因为梵蒂冈没有浴室、暖气和软椅子，我们就应当觉得教皇们很可怜了吗？我有点觉得我们当前要求舒服的热情是有点过分了。虽然我个人也好舒服，但我曾住过差不多不具有英国人认为不可缺少的任何现代设备的房子而感到很快乐。东方人，甚至于南欧人是不大知道什么叫舒服的，他们的生活和我们祖先在几世纪前的生活差不多，可是虽然缺少我们那一套复杂而价值高昂的软绵绵的奢侈品，他们似乎生活得也很好。我是个守旧派，仍然相信有高雅的也有低俗的东西，我看不出不能提高人们思想境界的物质进步有什么道理。我喜欢能节省劳力的装置，因为它们可以使人们省下时间去从事脑力活动。（但是这是因为我喜欢脑力活动；有许多人可不喜欢这样，他们喜爱节省脑力的装置就和喜欢自动洗碟机和缝纫机一样。）我喜欢迅速而方便的交通，因为扩大人们可以活动的世界的范围就会扩大他们的心胸。同样我也觉得寻求舒适是正当的，因为那样就可以提高精神生活。不舒适会阻挠思想的活动；

① 意大利画家（1483—1520）。

身上又冷又酸痛要用脑子也是困难的。舒适是达到目的的手段。可是当前的世界看来却把它当作一种目的，一种绝对好的东西了。也许有一天大地会被变成一张巨大的软垫床，人的躯体在上面打盹，而人的心灵却被压在下面，像苔丝蒂梦娜[①]那样地憋死了。

（周珏良 译）

① 莎士比亚悲剧《奥赛罗》的女主人公。

J.B. 普里斯特莱（1894—1984）

普里斯特莱（J.B.Priestley）是多面手：小说家，剧作家，文论家，广播电台演讲人，散文家。他的长篇小说《好伙伴》（1929）至今可读。这里选译的是他的《英格兰之游》（1934），记载他在经济大萧条的日子里在英格兰境内旅行所见。他用沉痛的笔调写普通人生活的困苦，但遇到美景和有趣的人物，则又笔下生辉。他是性格坚强的约克郡人，布拉德福特是他幼年生长和做学徒的地方，更是写得有憎有爱——憎其城市的无趣，爱其郊野的奇美，几乎用尽了色彩板上的所有颜料来描画它那斑斓的秋色。

《英格兰之游》（1934）选段
From *English Journey*

伤　痕

我看见一排尖锥形小山，以为是一种怪形的地貌，走近一看才知它们是一个老炉渣堆，不过完全被草盖住了。再过去，又经过一座山，它像是从别的星球搬来的。除了低斜的阳光所照处涂上了一层金色，完全是黑的，布满了深深的伤痕和裂缝。即使在穿过美国内华达州的山区时，虽然那里的景物只是古地质遗迹，我也没有见过这样奇怪、荒凉的山。当然，这不是大自然干的，因为这山实际上是一个巨大的炉渣堆，我所见的最大的一个。

一个村子

路上有几处可爱的村子。其中之一，名叫勃顿主教村，给了我最迷人的一瞥：一个池塘，几处旧墙，一堆红瓦顶。一下子我就像在那里安居下来了，不问世事，只是勃顿主教村一个爱读书的隐士。

头上是一片晴朗的天，但下面却有极薄的雾丝笼罩了一切，使得山、树、墙都有一种纱巾般的光泽，其虚幻与动人宛如舞台。在这山谷里有一所孤屋，一座老教堂，还有那我们要去的庄院，它们连接起来，古老的瓦屋顶可爱地挤成一堆。

却斯透菲尔德的歪塔尖

我常从火车里注意到它那有名的歪塔尖，但从来没有走近看过。它是叫人吃惊的。首先，比我想的要大得多，实际上高达二百三十英尺。其次，歪得怪，又弯又扭，是英国最奇特最滑稽的塔尖。它镇住了整个城市和城里狭窄的街道，但用了它独有的离奇方式，像是永远在天空安上了一个极大的古老怪物在开人玩笑。生活在它的阴影里的人应该不同寻常，应该到处飞跑，像老勃鲁盖尔的迷人的图画里的小精灵似的市民和农民。

布拉德福特

布拉德福特是一个完全没有趣味的城市，虽然不完全丑恶；它的工业是黑色玩意儿；但它有好运气，即边上就是英国最动人的乡野。从不止一条电车线的终点只要快走不到一小时就可使你进入荒野，真正荒凉的原始高沼地，这时什么厂房和货栈都看不见了，整个城市也完全忘了。不管你在布拉德福特是多么穷，你永远不需把自己关在墙内，拿砖包围自己，像一百万伦敦人所不得不做的那样。那大块荒山，上面和背后都是一片纯净的天，总在那里，等候着你。而在它们之后不远，真正的溪谷地带开始了。在整个英格兰，没有比这更好的乡野了。……对这乡野的热爱你很小就传染上了，以后也永不消失。不管你的办公室或库房是多么小，多么黑，在你的头脑里一个地方总有这大片高沼地在闪闪发光，总有麻鹬在叫唤，而那里的风是咸味的，像是直接从大西洋中间吹来的。……

我们去到伊尔克莱，接着通过波尔顿树林到达朋索尔和格拉星顿，从来没有看见那片地方如此奇美。由于刚过去一个长长的干燥的夏天，这一带秋色之美令人难信。整个早晨像在燃烧。干燥的蕨和石南在山顶闪闪发光，码头旁的密林一片斑斓。树像是对我们滴下金子。向下看，赤褐色的树一行一行直到绿色的河边。向上看，荒原高地一片发亮的紫色，叫我们眼花缭乱。如果我们坐黑牢十年，刚被释放，我们眼见的世界也不可能显得比这里更大胆又更细心地用颜料染过了。我从未见过波尔顿树林如此景色，也不敢奢望以后再见。整个儿是一个盛大的狂欢节，在我有生之日将永在我记忆里色彩缤纷，闪光发亮。

石　匠

我被介绍给老乔治，一个考茨物尔特的石匠。他已年过七十，但仍在干活。我看见他的时候，他在干一项快要失传的手艺；干垒，就是把快塌的旧墙推倒，用它们的材料重垒平整坚实的新墙。他是小个子，有一张满是皱纹的土灰色的脸和一个极大的上唇，看起来像一只有智慧的老猴子。他长长的一生都同石头打交道，身上到处都有小石头。他摆弄身旁的石头——还拿出了几块让我们瞧——那轻松、爱抚的样子就像女人抱婴儿似的。他本人就像是从石头生出来的，一个石矿的精灵。这位老乔治又是虔诚的教徒，不谈石头的时候就用一种安静然而充满热诚的态度谈他的古老、朴素的信仰。由于是一个真正的工艺能手，知道他能干出你我干不出的绝活，他显然喜欢他的工作，不是为换得几个先令而付出劳力，干活是他自己完整个性的表现，是一种记号，表示老乔治还在干着。不好的墙——不是他垒的——在倒塌，好的墙在竖起，墙上的石头垒得又结实又平整，看起来愉快，心里也满意，不是那种讨厌的糙工次活。我一生里从未做过一件事像这位老石工垒墙这样的彻底和真纯。

V.S. 普利却特（1900—1997）

普利却特（V.S.Pritchett）是当代最著名的短篇小说家之一，也写文论和游记。他与《新政治家》周刊有密切关系，曾主持该刊文艺栏多年。

这里从他出版的游记合集《国内国外》（1989）选译三节，分别谈爱尔兰人性格，加拿大法语区的魁北克市，西班牙的巴塞罗纳。这些游记是为《假日》杂志撰写的，属于观光印象记之类，不求深刻，但仍观察敏锐，文笔也跌宕生动。

《国内国外》选段
From *At Home and Abroad*

爱尔兰人的性格

世界上每一个酒吧里，都有人在等待我进去。他老练地判断我倾听的能力，用钓钩般狡猾的舌头，挂着一句我忍不住要倾听的话。就说加拿大讲英语的哥伦比亚省吧。一列火车正从温哥华车站缓缓驶出。在卧车厢里，就有这样一个人坐在我身边。火车刚刚离开站台。这时，几座粮仓出现在眼前。

“那些粮库盖得真快呀！”他说。

“是新的吗？”

“旧的两年前烧了，我最清楚，”他说，“是我放的火。”

“别开玩笑了！”

“反正都说是我干的。谁都怪我。倒车的时候，我的卡车撞上了电线。”

“你伤没伤着？”

“那怎么会。”（语气轻蔑，声音却柔和快活）“就听见一声大爆炸。粮库全烧光了。”

他用平静、柔和而清晰的声音讲事情的经过，用躲躲闪闪的暗示吊我的胃口，想让我与他在想象中共睹一场伟大的灾难。这是他与众不同的性格。“那老粮库房子太难看。”他说。

他，就是爱尔兰人。

遇到这种情况，你就遇到了英语世界里一个老掉牙的笑话。开头是：“一个英格兰人、一个苏格兰人和一个爱尔兰人正坐在火车上。”最后是：“于是，爱尔兰佬说——”要是加进一个威尔士人，笑话就没了，就会变成一场正儿八经的历史闹剧。

历史的命运靠什么鬼使神差的灵感，把这四个不调和、爱争吵的民族，困在了欧洲大陆潮湿多雾的大西洋岸边的几个小岛子上，让他们得不到文明的甘露、靠相互依赖度过了将近二千年的生活？为什么这四个民族有着紧密相连的共同历史，而爱尔兰人的性格——且不说爱尔兰民族或国家——却总是落拓不羁、与其他三个民族的性格截然不同？简单但并非完满的答复是：爱尔兰人独守一岛，而苏格兰、威尔士和英格兰却只能在同一个岛上共处。可是，在美国、在加拿大、在澳大利亚、在新西兰、在任何一个有大批富于冒险精神的英国人定居的英语国家，恰恰是爱尔兰人离群索居，保留着自己的民族、国家、两种宗教和个性的意识，而没有被同化。当然，历史上也出现过爱尔兰姓氏和爱尔兰后裔的西班牙和美籍西班牙望族。他们的确被同化了。爱尔兰人喜欢拿这一点做文章，说他们出走别国，是他们与不列颠人的斗争引起的。可是你会问：不是也有苏格兰和英格兰人，曾经把自己的姓氏赋予外族，丢掉了自己的民族特征吗？但一般来说，不列颠人的生命力在于他们创立的体制；爱尔兰人或爱尔兰人后裔的生命力在于他的民族性。

在某些气候条件下，尤其在爱尔兰西部的气候条件下，爱尔兰岛犹如得到了新生。这里的云层仿佛刚刚从大海中诞生，茫然地四处飘游。整个岛子如同小孩子用简单的色彩随便涂抹出来一般。爱尔兰岛像一颗绿宝石，但更像易逝的昙花。这自然是大西洋的气候和光线在作怪。有时候，它们也许连续几小时不来作怪。碰上这种漫长、灰暗、沉重的时候，岛子就里里外外一副阴沉气象。爱尔兰岛的性情多变和喜怒无常是举世无比的。它能在你的眼前，把世俗的面目变得神秘莫测。

爱尔兰的空气是大西洋的空气，但又与缅因州的截然不同。这是被西风催发的空气，潮湿中带着雨意。这种空气，在四面环海、云气缭绕、长满石南草的岛子上，令人昏睡。你会感到时而兴奋、时而欲睡。有一天，我在科奈摩拉的一小块田边，靠着一堵松动的石墙站着。田里有一位老人在晒草。“这块地里有不少人睡过觉呢。”他对我说。

气象学家认为，在爱尔兰，一个人一天当中面临的气压变化，比在其他任何国家都更突然、剧烈，而且频繁得多。爱尔兰人走路，一会儿轻快得像小鹿，一会儿沉重得像背负着云天。我住在科克，很少能十一点之前起床。那么利莫里克呢？三一学院的奇才、著名的约翰·马哈菲曾经说过，全西欧的城市中，只有在利莫里克，到上午九点半，还能看见苍鹭鸟若无其事地站在大街上。现代的利莫里克城不会再有这类奇事了。如今它毗邻沙农河新兴工业区，到处是推销商、工程师、德国机械师和往来于大西洋两岸的游客。到上午九点半，你只能在心头怀念苍鹭鸟了。

如果说气候塑造性格，我们就能看出大西洋的岛国气候对爱尔兰人有什么影响。这里的空气和变幻不定的天空与光线，能在一两个小时之内使青山变黄、变紫、变蓝，再变成阴灰。因此，这里的人就格外注意事物的无常，就常处于梦想或绝望的状态中。在科克、凯里和高尔威等地的山区地带，地势相隔几英里就有所变化。在周围都是美丽乡村和富裕农庄的中部地区，也会突然出现褐色的沼泽地和草木摇荡的草原。在所有这些地方，天气都同样变幻莫测。有的乡村树木葱茏，土地肥沃，景色很美，但那里的村庄和城镇却灰蒙蒙的很难看。这正好揭示出梦中度日的另一特征：本来一天就没有多少清醒的时刻，何苦费心去改造房屋。你会说，建这些房屋的人，对于不得不住在砖石瓦灰中间非常不满。古老的爱尔兰民族从来就没有建造过乡镇。这是盖尔人学者阿兰·乌舍说过的话。他的观点自然遭到了反对。但爱尔兰人对不列颠人还有一种更加别出心裁的不满情绪。他们说不列颠人从来没教过爱尔兰人怎样造房子。许多爱尔兰曾经有过的东西——城堡、磨坊、库房、壁垒、教堂、农舍等等——都因为战争或者没人居住而遭到了毁坏。于是，当我们从气候转向历史的时候，我们所经过的是这样一片土地：在这里，真实的东西都由于这样那样的疯狂梦想，而被破坏了。

因此，关于爱尔兰人的性格，我们首先可以冒昧提出的一个论断就是：它的本质是梦想与现实的冲突。爱尔兰人自称为现实主义者，这就进一步证明了这种观点。有谁能像刚从梦中醒来的人那样，对现实投以如此冰冷而惊恐的目光！萧伯纳在《英国佬的另一个岛》里，通过莱里·道尔之口，表达了爱尔兰人性格中的愤世观念。爱尔兰人在情感爆发时，常说出尖锐深刻的偏激话。道尔的台词正是这样：

> 爱尔兰人的想象力永远不给他安宁，不使他信服，不让他满意，却反而使他不能正视现实，不能应付、操纵和战胜现实。别人能做到这些，他只会嘲笑别人。……嘲笑别人就省了自己费力。什么都省掉了，就是省不掉想象、想象、没完没了的想象。想象是一种折磨，没有威士忌就无法忍受。终于，现实的一切你都不能忍受了。你宁肯挨饿也不愿做饭，宁肯身上脏乎乎的穿破衣服，也不愿劳神洗个澡换身新衣。你在家里唠唠叨叨地吵个没完，怨你老婆不像天使；你老婆也瞧不起你，说你不是男子汉大丈夫……。可是同时呢，又是没完没了的狂笑——可怕、愚蠢、恶作剧般的笑！笑！笑！永远都是嘲笑、都是嫉妒、都是愚蠢……

这段话是典型的爱尔兰人的自嘲。在这里，一个富有想象的人，突然对“国家的不幸”这一爱尔兰人的中心话题产生了感想，把监狱说成了光荣的发源地。但是，对于一片连续几个世纪遭受大大小小的战争、奴役、政治谋杀、死刑、饥饿、背叛等种种灾难摧残的土地，“国家的不幸”这两个词又是何等绝妙的遁词！爱尔兰人在嬉笑怒骂之中，自然充满幻想，愤世嫉俗，而莱里·道尔却只是显口才。实际上，爱尔兰人的头脑也是古老而富有人性的：他在没喝酒或甚至喝了酒的时候，都不否认原始的命运和人间的过失。爱尔兰人头脑中的那一丝残酷，属于被后来年轻的文明覆盖了的异教社会：那是基督教来临之前的悲剧生活中的残酷。

魁 北 克

来到加拿大最激动人的城市蒙特利尔，就来到了两个种族冲突的焦点，就进入了广袤的魁北克省。蒙特利尔是加拿大最大的城市。这个工业港口城市，在码头的船只排出的烟雾笼罩下，颇有点伦敦的气概。这是个有影响的地方。晚上，高楼大厦像充了电的石板立在空中。白天，不息的车流涌过宏伟的圣劳伦斯河上的一座座桥梁，街道非常拥挤。穿过充满意趣的街道，便可登上那座像火山般耸立于市中心的小山。在城里的法语居住区，建在楼外的楼梯和拥挤的阳台（阳台上总有一家几口人坐在枫树荫下的摇椅上）给这里的建筑增添了一分新奇。这里有漂亮的教堂，也有两所名牌大学。

蒙特利尔有一种稀奇古怪的英法混合因素。在一家经营方式和礼俗上纯属英式的法语加拿大俱乐部里吃午饭，会给人一种奇特的感觉。让人高兴的是，这儿还保存了旧式的法国小酒店，没有加拿大其他地方那类气氛压抑的特许烟酒店。从练兵场附近的一家法国小酒店里，走出来一位老人，显然喝了不少酒。他用他的人民特有的自嘲精神，潇洒地冲我们挥挥手臂，喊道，“法国万岁！”蒙特利尔的剧院一向很活跃，从来没有死气沉沉的时候。演员也有很出色的。我在一家偏僻的小剧院里，看了一出费多的《极乐旅店》，比几年前我在伦敦看的要演得好。它受家庭观众喜爱，呆板的清教徒们却不去看。蒙特利尔有美国的豪华、伦敦的精明、纽约的活泼、欧洲的放肆。

这两种文化、两种宗教之间的对立是很刺激头脑的。然而，在政治和商业圈子以外，这两个民族却很少来往。他们像两条不同的河流，被发生在二百年前的事件连到了一起——如果追溯到开始做皮毛生意的时候，则不止二百年了。讲法语的加拿大人占全国人口的三分之一。他们是历史上最早在北美大陆北部定居的人口。问题也出在这里，因为他们的经济与历史地位极不相称，对这一事实，直到几年前他们还甘心忍受。现在不了。这些曾经组成一个节俭、呆滞的社会的农民，是北美大陆唯一地道的欧洲型农民。自从十七世纪以来，他们几乎从未改变过自己的习俗和思想。他们的政治生活是空话连篇而腐败的；他们的教育受宗教支配，无法使人适应现代生活。但是自从二战以来，这个农民阶层发生了彻底的变化，并可能给加拿大的生活的平衡带来巨大影响。魁北克已经成为这个国家最吸引人的省份。

巴塞罗纳

在巴塞罗纳是没时间想过去的。这是个富裕繁华的城市，是西班牙纺织业的中心。它那巨大的港口泊满船只，交通繁忙。在这里便能见到地中海沿岸的推销商。这些头脑精明、一心想赚钱的人，扯着嗓子喊他们的发财梦，喜欢富丽堂皇的大东西。整个城市充满一种修辞似的浮夸气氛。宽阔的街道便如同自命不凡的演说词。晚上驾车出游的人，六人挤一辆车，在大元帅街上兜风显阔。饭馆是最现代化的。富人富得很，但城里也吸引了南方贫穷的农民。多年以来，这个加泰隆人的城市一直想脱离马德里，并且还反抗过佛朗哥。可如今，对加泰隆语的崇拜日趋消亡，要求独立的愿望不复存在，无政府运动也已经幻灭。过去的一切都随着加泰隆地区增长的富足而荡然不存了。

虽说如此，巴塞罗纳仍有它的双重性格。它坐落在群山脚下，蔚为壮观。但山顶上却建了一座糟糕透顶的仿拜占廷式教堂，凌驾于全城之上。这种铺张也是马赛城的特征。它是那种可怕的“圣心大教堂”格式的反映。正是这种格式，使本世纪的拉丁教会建筑艺术走上了末路。比较合适的铺张，要算那名声不好的新艺术派“大教堂”，名叫“神圣家族”。还没建完，它已在建筑师中间成为一种时尚了。不过，巴塞罗纳除了花哨的一面，也有另一面，那就是固有的地中海特色。那些狭窄的街道上，挤满了个性暴烈的小摊、小店和小酒馆。

正是在这些地方，你才能领略地中海生活中的另一个基本特征——耐心。这也许是一种古老的情感，是早期群体生活的遗踪。漫步在街头人行道边的林荫下，你会听到从某一处古老的十八世纪的广场上传来的口哨声和击鼓声。广场中央的平台上，有一支小乐队奏出尖厉幽怨的笛声，一群年轻人正随着乐曲跳舞。这是一种叫作萨尔达纳的小型民间舞。它没有西班牙舞特有的那种旋转和跺脚，而是无休止地重复着，像一曲纯朴的牧歌回响在现代化城市的中心。每到傍晚，在加泰隆地区所有的乡镇上，都能见到这种舞蹈。孩子们跳，他们的母亲也跳。如果在下午六点钟，你见到某个海滨小镇上有人在跳这种舞，你就会感到跳舞者似乎在用双脚踏出地中海在平静的时候特有的那种平缓然而有力的微波。这平缓是一种甜美的单调，是地中海的本质之一。

地中海边的人都知道自己需要什么，知道自己需要的东西应该是什么样子、从哪里来。在饭馆里，对每一样饭菜他都要仔细盘问，问是怎么做的。假如他有丁点疑虑或失望，他就会理直气壮地抗议。于是，厨师常常在客人吃到一半的时候，忐忑不安地从厨房里出来查看顾客对他做的饭菜有什么反映。不满意就说出来，这是件光荣的事。商店里也一样。售货员耐心地把所有的布、所有的鞋都拿给顾客看。如果顾客什么都不买，他绝不会怪人家，反而会赞叹顾客的眼光。因为生活并不是买卖；生活是得到你确实想要又买得起的东西。最要紧的是愿望；要满足愿望，就少不了耐心，就不必吝惜时间。

愿望的满足对所有西班牙人都极其重要，即便是有时不承认自己是西班牙人的加泰隆人也不例外。有一次我不得不中断我的地中海之行。后来我从巴黎来到马赛。在火车的餐车里，一个胖大的加泰隆人正在吃饭。他一边使劲喝葡萄酒，一边冲着周围的人喊叫。天热得很，他要求打开车窗。别人不愿意，因为车开得太快，窗户打开就会把餐桌上的东西都吹掉。在规章制度方面，法国人都是了不起的律师。他们摆出智慧上的权威的决断气派来制定法规。西班牙人讨厌法国人这种优越感。因此这位加泰隆人先是一愣，接着就爆发出了西班牙人的愤怒。他甩拳头砸碎了窗户。砸了窗户便显示了他那粗鲁的男子气，砸完他还叫喊着再给他添酒。

法国人对外国人的古怪行径——尤其是外国人在餐车里的古怪行径——已经习以为常。他们只说如今下等人也在旅行了，可他们还有别的顾客去照顾，于是他们就给这位加泰隆人送上了账单。加泰隆人仔细看完，打开一个塞满钞票的钱夹。他心里估计了一下这顿饭能值多少钱——他觉得值不多。他掏出五个法郎放在桌上，来付这顿四十法郎的午餐，并且用震撼全车厢的大嗓门说，他一分钱也不多给。

地中海边一出典型的喜剧——更精确地说，一出法人与西班牙人的喜剧、两种文化的对抗——就这样发生了。法国人崇尚“莱格勒芒”，即法规或制度。他们的制度如同用抽象的语言起草的书面章程，能应付各种不测事件。他们不慌不忙地将其付诸实施。一位普通招待喊来了高级招待，高级招待又喊来一个讲西班牙语的人，讲西班牙语的人再喊来领班，领班又喊来一两个管理人员。来了一大堆人。可那西班牙人不吃这一套。一声低语过后，有人跑到旁边的车厢去找当局。他来了。是个干净利索的伙计，挂着红白蓝三色条条的共和国标记。“我命令你付账。你有什么意见？”

西班牙人马上做出了坚决的回答。他的回答正表现了那种冥顽不化、不可动摇的西班牙个性。他喊道：“I Porque no me de la gana！”这句话的意思不是“因为我不想付账”，而是“付账的愿望或意志没来找我”。有愿望自然就能行动。可是如果没有愿望，那么从心理学的角度说，便不可能有行动。这就如同你把意愿从肠子里排了出来。

“拿护照来。”警官说。原来他正是警官。

加泰隆人刚才那声发自心底的大吼耗尽了他的气力。他像小孩子似的乖乖交出了护照。半小时后，我见他站在他的包厢门口的过道上。他岁数不小了，这时候十分忧郁。我没好意思问他出了什么事，只看见包厢里坐着四五个年轻的西班牙人，全是一副温和而伤心无奈的样子。其中有一个人正轻轻拨弄吉他，门外的这位老人就伴着琴声，用平静断续的声音唱歌。我只听见一行，意思是“我是穷人，你伤了我的心。”这情景如同目睹一场个性死亡的葬礼。这种百般无奈，暴怒之后突然归于冷漠的情绪，即便是天不怕地不怕的地中海边的加泰隆人也摆脱不了。跨过边境，在对面的法国，在阿尔或者马赛，你只要看到那种无奈、冷漠、茫然自悲的神情，你就知道那是西班牙人。

（杨国斌 译）

乔治·奥威尔（1903—1950）

奥威尔（George Orwell）写了两部政治讽刺小说，即《兽场》（1945）与《1984》（1949），在西方世界颇有影响。

他也写了大量散文，其中有纪实之作，如有名的《缅甸猎象记》，还有政治文章，文艺评论，等等。

在散文风格上他主张写得朴素，具体，反对现代政论文章中的空洞、夸张，特别厌恶套话，为此写了《政治与英语》（1946）一文，在四十年代文风争论中引人注目。他本人所写也确实朴实无华，而且清楚，有力。《穷人怎样死法》就是一个好例子。

他的文艺评论也是直抒胸臆，有自己的独特见解。下面选译的《里亚、托尔斯泰和"傻子"》一文就是有代表性的。他通过对托尔斯泰不喜欢莎士比亚《里亚王》一剧的原因的探索，指出剧中有一个人们不曾提过的隐含主题。

话虽不多，却能道众多莎学者所未道。

1. 穷人怎样死法
How the Poor Die

1929年，我在巴黎第十五区的某医院住了几个星期。医院职员们先在接待处盘问了我一阵，让我答了大约二十分钟，才收纳了我。如果你在一个拉丁族国家填过表，你会知道他们问些什么问题。头几天我已不能把列氏度折成华氏，但我知道我的温度大约在华氏103度左右，等到盘问结束，我已站不住脚了。在我背后有一堆别的病人，听天由命的样子，各带一个花布包袱，在等待轮到他们。

盘问之后是洗澡，任何新来病人必须洗，像在监狱和收容所一样。我的衣服全被收走。等我在大约五英寸的热水里浑身打战地坐了几分钟，他们让我穿上一件夏布长睡衣和一件蓝色绒布的短晨衣——但没有拖鞋，因为他们找不到我这样大号的——把我带到外面露天地方。这是二月的一个晚上，我正得了肺炎。从接待处到病房有二百码路，得穿越医院的园子。有个人拿了一盏灯在我前面跌跌绊绊地领路。我脚下的砾石路已有霜冻，风吹起我的睡衣，抽打着我赤露的小腿。一进病房，我有一种奇怪的熟悉感觉，这感觉怎么来的，到了晚上后半晌我才弄清。这是一间很长的房间，房顶较低，灯光暗淡，充满了低语的人声，有三排病床靠得出奇地紧。还有一种味儿，像粪便，却又有点甜兮兮的。我躺下后看见同我几乎正对的床上坐着一个上身赤裸的人，曲背，黄红色头发，正让一个医学生在他身上做一种奇怪的手术。

首先医生从他的黑包里拿出十几个像酒杯的杯子，接着学生在每个杯子里点上火柴，去掉空气，然后把杯子倒扣在那人的背上和胸部，吸起了一个个黄色的大疱。过了一会我才意识到他们在干什么。原来这就是拔火罐，一种你可以在老的医学课本里读到的疗法，而我一直模糊地以为是人们用来医马的。

刚才外面的冷空气大概使我的温度降低了，我注视着这个野蛮的治法，客观地，甚至感到有趣，可是接着医生和学生走到我的床边，把我拉起直坐，一句话不讲，就在我身上扣上那几个用过的杯子，根本未经消毒。我微弱地喊了几声，但全无反响，就像我是一头野兽似的。这两人对我不动声色就动手的样子确实令我难忘。以往我从未住过医院的公共病房，让医生一言不发地、根本不注意到你是人那样摆弄你，对我还是第一次。他们把六个杯子扣在我身上，接着把拔起的疱一个个划破，再扣上杯子，结果每个杯子吸出了一勺多的黑血。他们这样在我身上搞，搞得我又窘，又气，又怕，最后我躺下了，以为这一下他们该放过我了。可是不，完全不。又有十种治法来了：芥末泥罨，似乎也是一种规矩。两个邋遢的女护士已经把泥罨准备好了，她们把它像紧身衣那样紧紧绑在我的胸口，这时一些在病房里转来转去的穿衬衫和裤子的人开始在我的床前，带着半表同情的笑脸。后来我才知道看病人上泥罨是病房中人爱看的玩意儿。上泥罨一般花一刻钟，确是很滑稽——如果你不是被罨的人。前五分钟痛得很厉害，但你以为你忍受得了。第二个五分钟你不这样以为了，但泥罨袋的带子扣在你背上，想脱也脱不掉。这是旁观者最乐于看你的时候。等到最后五分钟，我倒麻木了，不觉得太痛了。泥罨拿走之后，一个内装冰块的防水枕头塞在我的颈下，这样我才算没事了。这一夜我没睡着；就我所记得的，这是我平生唯一的一夜——我是说完全没有睡着，一分钟也没有。

……

离我十几张病床是57号病人——我想他是这个号码——他得的是肝硬化症。病房里的人全认识他，因为他常被用作医学课的标本。一周有两个下午，一个神情严肃的高个医生在病房里给学生上课，不止一次让人把57号用小车推到房子中间，医生把他的睡衣拉下，用手指划着这个人肚子上皮肤松弛、鼓起很高的一个地方——我想就是病肝所在——一本正经地说这病是由于喝酒过度造成，在爱酒的国家里常见。照例他对病人不说一句话，不对他笑一下，或点个头，没有任何认识的表情。他讲时神情严肃，身子挺直，双手托着那个有病的身体，有时还摇摆它一两下，姿势就像妇女使擀面杖。57号本人倒也不在乎。显然他是这里的老病人，经常被用作上课的标本，他的肝也早被指定不久要放在病理陈列室的一个酒精瓶里了。他对于别人说他什么完全不感兴趣，只躺在床上，无神的眼睛什么也不瞧，听任那个医生把他像一件古瓷器一样向人们介绍。他年约六十，身子萎缩得可怕，白得像羊皮纸的脸已经比玩具人大不了多少了。

一天早晨我旁边那个皮匠扯我的枕头叫醒了我，那时护士们还未到来。“57号！”他把手臂举过头顶，做样子。病房里有一盏灯点着，勉强可以看见东西。我看见57号老头侧身躺在那里，缩成一堆，他的头悬在床边，脸对着我。他在晚上死了，谁也不知道确切时间。护士们来了，听到了他的死讯，毫不在乎，照样做她们的事。过了很久，可能一个多小时之后，两个护士并排进来，像一对军人走正步。木底鞋嘎嘎作响。她们把尸体裹在床单里，但没有把它移走。这时光线更好了，我有时间把57号好好看了一下。我是侧身躺在床上看的。奇怪的是，他是我看到的第一个欧洲人尸体。以前我看过死人，但总是亚洲人。而且常是暴死的。57号的眼睛还睁着，嘴也张着，他的小脸现出痛苦挣扎的表情。最使我难忘的是他脸上的白颜色。过去它就是苍白的，现在则同床单的颜色差不多了。

2.《里亚、托尔斯泰和“傻子”》（1947）选段
From *Lear, Tolstoy and the Fool*

《里亚王》是一个好故事，但又是一个同托尔斯泰的历

史出奇地相似的故事。人们不会看不出两者之间有总的相似之处，因为托尔斯泰一生中最引人注目的事，就同里亚的一样，是自动放弃权利的重大举动。他在老年放弃了他的财产、爵位、版权，而且作了努力——真诚的努力，不过没有成功罢了——要脱离他那特权地位，去过一个农民的生活。但更深刻的相似还在于托尔斯泰，像里亚一样，是从错误的动机出发去做这件事的，并且同样地没有得到所求的结果。在托尔斯泰看来，每个人都以快乐为人生目的，而要快乐，唯一的途径是执行上帝的意志。但是执行上帝的意志意味着抛弃一切尘世乐事和野心，完全为别人而生活。所以说到最后，托尔斯泰之所以放弃尘世是因为他期待这样做会使他更快乐。但关于他晚年如有一点可以确定的话，那就是他不快乐。相反，他身边的人的行为几乎把他逼成疯狂：他们迫害他，正因他放弃了权利。像里亚一样，托尔斯泰不是一个谦逊的人，也不善于看人。有时他又回到了贵族的态度，尽管身上穿的是农民的罩衫。他甚至也有两个孩子，一开始他信任他们，后来却被他们背弃了，当然他们没有用芮艮和戈奈丽尔那种惊世骇俗的方式。他对于性欲的过分的厌恶也明显地同于里亚。托尔斯泰说婚姻是“奴役，厌腻，反感”，是忍受与“丑恶、污秽、臭气、脓疮”同居，可以同里亚一段有名的愤激的话相比：

> 神祇占有腰部以上的领域，
> 底下就全归了魔鬼；那里是地狱，
> 是黑暗世界，硫黄坑，烧着，烫着，
> 溃烂，臭不可闻……[①]

虽然托尔斯泰在写文论莎士比亚时还未能预见，甚至他生命的结局——无计划地突然穿越荒野而走，只有一个忠心的女儿做伴，最后死于一个陌生村庄的小屋里——也隐约地使人记起了《里亚王》。

当然，我们不能假定托尔斯泰认识到这种相似之处；如果你向他指出，他也未必会承认。但是他对此剧的态度必然受到它的主题的影响，放弃权利，分掉土地，这是一个他有理由感到深刻触动的题目。因此他可能被莎士比亚在这里所提出的教训所激怒，所扰乱，超过其他剧本——

---

① 卞之琳译文。

例如《麦克白斯》——因为它们不密切接触他自己的生活。但究竟什么是《里亚王》的教训呢？显然有两条教训，一条是清楚的，另一条是隐含在故事之内的。

莎士比亚一上来就假定：如果你使自己失去权利，你就是让人来打击你。这不是说所有的人都会反过来攻你（肯特和傻子就始终站在里亚一边），但是很可能有人会这样。如果你丢掉你的武器，会有不那么正派的人把它们捡起来用的。如果你被人打耳光又转过另一边脸，那么另一边脸会被人打一记更重的耳光。这样的事不一定总会发生，但应该估计会发生，发生了你就不要抱怨了。这第二记耳光也可以说是你转过脸来的行动本身就包含了的。所以首先，这里有“傻子”所提出的世俗的、常识性的教训：“不要放弃权利，不要送掉你的土地。”但还有一个教训。莎士比亚没有明确说出这个教训，他是否充分意识到它也无关紧要。它隐含于故事之中，而故事毕竟是他编的，或者是他照自己的意图改过的。这教训是：“你一定要送掉土地就送掉吧，可不要指望靠这样做来赢得快乐。如果你为别人而活，那就一定要为别人而活，而不是把这当作一个间接的办法给你自己找好处。”

雅各布·勃朗诺斯基（1908—1974）

勃朗诺斯基（Jacob Bronowski）是科学家兼作家，而在科学方面，他先在剑桥大学学数学和物理，后来研究生命科学，“运气使我一生中研究了两门生长性的学问”。

对于一般读者，则他是《人的上升》（1973）的作者和讲演人。这是一本根据英国广播公司（BBC）电视系列片的说明词整理而成的高级科普读物，电视极为成功，吸引了大量观众，书也盛销，进一步巩固了勃朗诺斯基的声誉。

这里选译的段落集中谈爱因斯坦。把相对论的道理用简单的语言说出来不容易，把爱因斯坦在科学史上的重要性说清楚也不容易，勃朗诺斯基二者都做得出色，而且还把爱因斯坦这个人的为人写活了。

这是一种新型散文，是口语，但又是讨论科学和人生的知识性口语，属于高级广播体。

《人的上升》（1973）选段
From *The Ascent of Man*

牛顿的宇宙嘀嗒嘀嗒地运行着，大约二百年没出一点故障。如果他的鬼魂能在 1900 年前任何时间来到瑞士，所有的钟都会同声奏鸣颂歌。可是就在 1900 年，离那古老的钟塔不过二百码的地方，住着一个新来的青年人，他不久就要使所有的钟表吵闹起来。他就是阿尔伯特・爱因斯坦。

大约此时，时间与光开始闹别扭了。1881 年阿尔伯特・密切尔逊做了一个实验（六年后他又和爱德华・莫莱一起再做了一次），把光朝许多不同方向发射，吃惊地发现不论他怎样移动仪器，光的速度总是一样。这是不符合牛顿定律的。就是这一物理学中心的小小嘀咕声首先使科学家激动而提出了各种问题。这大约是 1900 年。

很难说年轻的爱因斯坦都及时地知道了这一切，他在大学不是一个用功的学生。但可以肯定，当他去伯尔尼的时候，已经在他还是十几岁的孩子的年月里，早就问过自己：如果从光的观点来看，我们的经验又会是什么样子？

对于这个问题，回答是充满矛盾的，因而是困难的。但像所有的矛盾一样，最难的不在提出答案，而在怎样提出问题。牛顿和爱因斯坦这类人的天才在于：他们提出透彻的、天真的问题，结果引来了灾难性的回答。诗人威廉·古柏曾称牛顿为“婴孩似的圣哲”，就因为他有这种气质，而这一形容语也完全适合爱因斯坦，他的脸上也总是有一种对世界感到神奇的表情。不论是他谈骑在一道光上或者谈在空间中坠落，总是充满了对这类原理的美丽、简单的说明。

对于牛顿，时间与空间形成一个绝对的框架，其中世界的物质活动按照稳定的秩序进行。他的世界是上帝眼中所见的世界，对每个观察者都是一个样子，不论站在什么地方或用什么方式移动。作为对照，爱因斯坦的世界是一个人眼中所见的，你所见与我所见是相对的，即按照彼此的地点和速度而不同。

爱因斯坦是一个哲学系统而不只是数学系统的创造者。他有一种天才，能找到一种哲学观念使人们对实际经验得到一个新的看法。他不是像一个天神那样观察自然.而是作为一个开路人，也就是虽然身处紊乱的自然现象之中但仍相信它们有一个共同的格局，只要我们用新鲜的眼光就可看出。……

这样，在他的一生中，爱因斯坦使光联上时间，时间又联上空间；使能量联上物质，物质联上空间，空间又联上引力。在他生命的终结，他还在致力于寻找引力与电力磁力之间的统一性。在我的回忆里，他在剑桥大学评议会厅里作学术演讲的时候，只穿一件旧毛衣，一双毡拖鞋而不穿袜子，那一次就是对我们谈他在找它们之间的联系，以及他碰上了什么困难。

穿旧毛衣、毡拖鞋、不喜欢背带和袜子——这些可不是故作姿态。那一天我们看见他，他似乎是在表达一个从诗人威廉·布莱克得来的信念："诅咒背带，祝福放松。"他不关心世俗的成功，体面，随大流；大部分时间内他不知道一个像他这样地位崇高的人该怎样行事，他恨战争，残酷，伪善，尤其恨教条——只不过"恨"字不足以表达他所感到的那种带点悲痛的反感，他认为恨本身也是一种教条。他拒绝担任以色列国的总统，因为（他解释说）他不善考虑人的问题。这是一个不高的标准，别的总统也大可采纳，只不过能通过这标准的不会有几个罢了。

在牛顿和爱因斯坦两人面前谈人的上升几乎是一种冒犯。这两位是像上帝一样阔步行走的。牛顿是旧约的上帝，爱因斯坦则是新约的上帝。他充满了人情，怜悯，巨大的同情心。他心目中的大自然本身就是一个有某种天神般气质的人，他经常说自然就是这样子。他喜欢谈上帝："上帝不玩掷骰子。""上帝没有恶意。"最后，有一天尼尔斯·玻尔对他说："不要再叫上帝干这干那吧。"这话不全公平。爱因斯坦是一个能问非常简单的问题的人，而他的生活和工作所表明的是：当回答也是简单的时候，你听到了上帝在思考。

约翰·希拉贝（1917—1996）

希拉贝（John Hillaby）不是一个文学家，而是一个科学家，但科学家一样能写好的散文，其纪游之作《穿越不列颠之行》（1970）便是。他旅行不乘车船，全凭双脚走路，从英格兰的最南端一直走到苏格兰的最北端。由于是步行，他看得更真切、更细致，连鸟的收翼动作如何优雅也收在眼里。在苏格兰，他追寻“清地”运动留下的痕迹，引用当时目击这场惨剧的人的记录，使得游记成为血泪书。文字朴实无华，反而更增其可信性。

《穿越不列颠之行》(1970) 选段
From *Journey Through Britain*

迷人的小河

向南走，有大片大片的荒野。作为旅伴，我选择了康华尔郡最迷人的一条小河，它是福维河的源头。好长一段时间，这条小河在我前面流着，喁喁地诉说着不知什么，我想什么它也随和地想什么。我喜欢这样的旅伴。

走在一片片的白屈菜和银莲花之间，那天早上我有一个高兴的想法，即这条小河是一个小姑娘。她轻轻跳过小瀑布，沿着大石头的边上流，在有白桦和柳树垂下枝叶的深潭里照自己的面容。在哈罗桥她显得不那么妩媚而有点沉静了，像是意识到那里的钓鱼俱乐部的人有权来戏弄她似的。

边　境

“边境”很美。我想不到有任何别的词儿能抓住这里的开朗气象。村子显得整洁。山上略有不密的桦树和山毛榉，有多条泉水流下，汇集在淡黄色的杰特河，它是屈维河的一条支流。这里的姑娘们也美。在远处一棵孤零零的树下，在大北公路上，站着两个带衣箱的姑娘。她们穿着你想不到的紧身毛衣和超短裙。一个当地人说她们“只是两个小婊子”，在等着开远程的卡车司机。尽管这样，她们看起来还是美的。

清　晨

我醒来感到轻快如一只鸟。有点薄雾，看不清远处，但不打紧。景色好，感觉好，气味也好——一种混合着泥炭和青苔、来自土壤的最纯净的空气的味道。

乐善好施者

密特·考尔德的乐善好施者原来是一位青年工程师，他正忙于为他妻子的理发馆的大门上漆。他说“也许可以找到人”，但觉得应该先打一个电话。他找的人，其实我应该猜到，就是他的妻子。他俩邀我到他们家去，就在附近的住宅区里。我在那里吃了大量食物。他们有点出乎意料，但很高兴，把柜里剩下的东西全都搬出来让我吃。第二天早上我要付钱，那男的只摇头，他的妻子——一个非常美的女人——用手挽住我的脖子，吻了我，热情地。

鸟的风度

不少的鸟有我们所说的优美风度。为了生存的必需，它们注意使自己的飞羽保持完好无缺，爱护身体的每一终端犹如小提琴师爱护自己的手指。不妨看看鸥和一种相近的鸟，叫作鸻，它们会做一种独特的体操。在空中它们同风玩耍，逗乐，翻来滚去，显然不在乎天风怎样朝它们劲吹。但一等不飞了，就滑翔而下，轻轻落脚，似乎不触及地面似的，一阵小跑后停住了。有一瞬间它们把翅膀张开，向后一掠，形态如作一侠客式鞠躬。然后它们带着一种快乐的颤动在鸟巢上安定下来。阿尔陀·利奥波特说：发明“优美”这个词的人一定看见过鸻的收翼动作。

苏格兰高原见闻

在整个西部高原，许多居民点消失了，就像从来没有存在过。这些被砸了的家屋遗迹称为 larach，字面的意义是“遗址”，表示曾有屋子而现已无存。一次又一次我出发去找一个地图上有的地点，希望至少能找到一间草屋，却只见一小堆石头或者——在格兰勃河附近土质较好的一处——连石头也没有，只有一丛荨麻。别的什么都被拉走了。“遗址”是高原最可怕的事件的见证，即“清地”。

我紧跟斯特拉司内弗上面的小路走去，那里有一条产鲑鱼的著名河流穿越一个名声极坏的山谷。

在这里苏索兰伯爵一家火烧了不肯让地给羊的长期佃户的家屋，用这个办法增加了收入三倍。……

唐纳德·麦克略德，一个当时的本地石匠和事件的目击者，说：“每区都有一群强人带了柴和别的易燃品，冲到这些忠心的人的屋子，立刻把它们点上火，用最快的速度来干，大约三百所屋子成了一片火海。人们极度恐慌，混乱。几乎不给任何时间让人把人和物移走，住户只好挣扎着先抱出病人和不能自理的人，再抬出最值钱的东西。浓烟烈焰中女人和孩子哭成一片，牧羊犬狂吠着赶牛，牛大声吼着，整个情况完全没法形容。”

在那已成为斯特拉司内弗的可怕历史的一部分的报告里，唐纳德·麦克略德说道：“我对那些要对老婆子的屋子放火的人说了情况，总算使他们同意到管家撒勒先生来了再说。撒勒一到，我就同他说可怜的老太婆由于身体情况无法搬动。他答道：‘该死的老妖怪，她活得太长了，让她烧死。’房子立刻点上了火，人们抢着把她裹在毛毯里抱了出来，但是毯子已经在燃烧了。她被放在一个棚子里，人们尽了最大的力才使他们没有把棚子也烧掉。老婆子的女儿赶来了，屋子已经在烧，她帮着邻居把母亲从烟火里救了出来，情况太惨了，我永远不会忘记，但是没法说清。五天之后她就死了。”

罗纳德·布赖斯（1922—2023）

布赖斯（Ronald Blythe）著有《埃肯菲尔德——一个英国乡村的写照》（1969）和《冬天景象：对老年的沉思》（1979）。这两书实是社会调查报告，不过是根据访问各种人物的录音整理而成，所以是真正的口语体文字。

“埃肯菲尔德”是英国索福克郡一个村子的名字，作者在那里访问了老农、教徒、教堂打钟的人、各种工匠、小学教员、兽医等等，记下了许多平时难听见的事：怎样盖茅草屋顶，怎样做马鞍，捡麦穗的秘密，以及一个十六岁青年在果园里的奇遇。这里有土气扑扑的、既古老又新鲜的语言，内容则具体、实在。

《埃肯菲尔德——一个英国乡村的写照》（1969）选段
From *Akenfield, Portrait of an England Village*

茅草顶上的签名

我盖的茅草顶厚达十四英寸，不管用稻草还是芦苇。芦苇是用木插子钉紧的，木插子是一块平板，上面有好些钉马掌用的钉子，下面有一个斜把。干这是苦活。你从屋顶下部开始向上钉，直到顶部，把一捆捆的芦苇按位置钉齐，然后用你在冬天从树林里砍来的榛木条联起。我们用榛木是因为它是现有的最容易穿透而不裂开的木头，也最容易找到插钉点。再就是花样。我们每人有自己的花样，你可以说这是我们的签名。一个盖茅草顶的人只消看一眼屋顶上的花样就可以说出是谁干的活。

鞍工的经验

马皮硬极了，一般都派专门用场，比如做厚手套。我们管牛皮叫“尼子”皮。过去牛就叫“尼子”。牛皮软，好加工。一年买那么一两次，从伊普斯维治买来，先在搁板上放好，再往里搓大块大块的羊油和俄国牛脂之类。往牛皮里涂油要用骨头涂，就像士兵用骨头往皮靴上涂油。上过油的皮子就放在搁板上晾着，过好几个月才用。

我们做的马具从来不坏，你说是不是。可这下我们不是完了吗！东西做得太好，过一阵子就让我们丢了饭碗。

捡麦穗的秘密

但在收割季节来了一个变化——捡麦穗。女人们聚在一块，问："斯卡莱可以去捡了么？大磨斯好了么？"——这都是田地的名字，她们的意思不是问麦子割了没有，而是地里的"警察"拆掉了没有。"警察"是指田主们留在地当中的最后一堆麦束，表示还要回来把地里的散麦子耙一遍，完了才能让人来捡麦穗。有一个田主老是让人等着，成为习惯。一天晚上一个小伙子把他的"警察"偷走了。第二天早上捡的人涌进来，捡到了大量麦子，因为地还没有耙过。全村的人都在笑，除了那个田主。第二年他早早就耙了，我可以告诉你。

果园里的遭遇

夏天最好。女人们都来了，都爱瞧你一眼。你捉弄她们，她们也捉弄你。那时，常有一群姑娘从弗罗姆灵骑车来这儿摘苹果。我十六岁那年，果园里就迎面来了这么一位姑娘，对我说："我看看你的表。"

我没吭声。

"那你是不想给我看？"

我还没吭声。她又不是看不见，表在我的背心上，就放在苹果树底下。

"我要拿走了……"

"拿吧。"

"这可是你说的！"

"我看你是非要不可，"我说，"那就请便。"她真拿了，故意要闹。表上有一条链子。她就把它挂在她的胖脖子上，整整一下午。我心里着急，但不想叫她看出来。她时不时从旁边走过，冲我喊："来，把表给你！"

我不吱声。五点来钟，她要回家了，才把表还我。她像给我戴项链似的把表套在我的脖子上，说："给你吧，傻蛋。”

我还是不跟她说话。

第二天一早她又来了，直接来到我要开始干活的地方。她把胳膊伸得长长的，使劲笑着，嘴贴到我脸上。天哪，她肯定是把我当她的早饭什么的了。

我推她，我说：“别！当心，他来了！”——他真来了——弗莱切那老家伙，我们的工头。她这才放开我，可过后又来了。我正躺在割下的果树枝上吃东西。四周都是深草。

“别慌。”她说。

我没吭声。

“这会儿没人了。”她说，说完就像一吨重的砖头压到我身上来。我除了草什么都看不见。一阵剧烈颤动。说不上我是不是已经成了大人。

吃早茶的时候，女人们用围裙兜满苹果急着往家赶——一路尖叫自不必说。她们看见我也发出一阵叫嚷，有几个还把车铃弄得丁零响。我那位姑娘扯着嗓子说：“别惹他了！他就像他那块破表——上紧弦还挺好用的呢！”

好一阵哄笑！可惜你没听见！

那是我平生第一次。

天哪，那年夏天才叫带劲。

（杨国斌 译）

附　录

1. 英国散文的流变

英国散文适用的领域十分广大，不论是宣告、叙事、说明问题、进行争论，还是纪游、抒情、写小说剧本、写信、写便条、写日记等等都要用散文。这是散文之幸，由此而得到多方面的锻炼，炼出一种精确、有力而又伸缩自如的传达工具，反过来，应用广也对散文提出了严格要求，要求它面向社会，面向实际，首先能完成人们在日常交际中的各项表达任务。

在英国散文发展顺利的时候，不仅文学家能写好散文，各界人士都出现散文能手，全社会都关心语言质量。

语言质量不是一句空话，而有具体的要求。对于各类散文，人们的第一个要求是清楚达意。要做到清楚达意并不容易，首先要求说话写文的人能够想得清楚。阻碍清楚达意的因素也很多，其中有非语言的因素；但是就语言而论，不要写得艰深，而应写得平易，这也是历代致力于准确达意的人所共同要求的。

英国散文中有一条平易散文传统，其历代代表者是培根——德莱顿——班扬——笛福——斯威夫特——科贝特——萧伯纳——奥威尔，而首先要求平易的是皇家学会的科学家们，他们看出为了推进科学，科学文章必须写得“数学一般的平易”，否则会误了社会发展的大事。平易不只是归真返璞，而且是一种文明的品质。

平易推到极限就成了平淡，这也是人们不喜欢的。同样的写得平易，有的人就写得更有艺术——自觉或不自觉的艺术。上述平易传统的代表人中，情况也各不同，而且除了共同的平易倾向，各有各的特点，这当中就有艺术。同时，随着语言的变化和其他因素，历代对于平易的认识也是有发展的，什么样的文章才是平易也是标准有所不同的。

怎样才能做到平易而又不平淡呢？根据英国散文的发展来看，有一个比艺术更重要的因素，即散文所传达的内容。当内容是十分重要或说话写文的人有炽热的情感、道德感或新现实、新思想要传达的时候，则文章即使写得极为简朴也会吸引人的。班扬的“不服从国教者”的抗争热诚点亮了他的朴实散文；笛福的平易散文之所以有深度，原因之一是他能捕捉社会生活中的许多有意义的细节；科贝特的纪游之作之所以能放异彩，是因为他深知民间疾苦而心急如焚；萧伯纳的锐利则来自激荡十九、二十世纪之交英国社会的新锐的社会主义思想。

同时，每个时代又总有一些人更重视散文的艺术性，为了开拓或者加深散文的表达力而进行各种试验。从黎里到乔也斯也有一条试验性散文的路线，其中不仅有小说家，还有十七世纪的巴洛克风格家如汤玛斯·勃朗，十九世纪初的随笔作家兰姆，稍后写梦幻的德昆西，十九世纪末的美学家配特。他们的试验遍及题材，音韵，节奏，形象，句式，古词僻词新词的运用，整篇文章的格局和结构变化种种。他们当中把试验推进最远的往往得不到传人，试验及身而终，但是对于散文的发展也有贡献，例如使语言变得更敏感更能表达新的事物和深层的感觉。

散文是不断适应新情况的，而在过程里得到扩充和发展。十六、十七世纪在意识形态方面的论战，十八世纪报刊文学和写实小说的兴起，十九世纪浪漫主义的泛滥、小说中现实主义的深化、政治经济学的革新、科学著作的普及等等都锻炼又发展了散文。在二十世纪，试验性写作增进了散文的敏感，后来随着大众传播工具的发展又出现了广播和电视散文的新品种，出现了口语、音乐和图像组成的新的艺术形式。

将来如何？新的品种方兴未艾，但未必能将已经存在多年的老品种一一挤掉。正同韵文不是一种“正在死亡的技巧”，书面文字也会存在下去，过去它为民族的一致和文化的连续做出了重要贡献，今后就在计算机的屏面上也少不了它的一席之地。有人更愿意听广播，有人更习惯于阅读。共存的局面将继续下去，虽然侧重点会有所变化。不同的品种会有不同的质量要求，但是超越这一切之上，人们会有共同的关心，那就是把英语这有深厚历史根子而又历来对外面世界开放的语言在新的条件下运用得更有效率又更能使人发挥想象力。

2. 英文散文现状

英文散文的现状如何？很难说，因为笔者读的就不够多。下面只是一些片面的印象而已。

过去读英文的人，总是很喜欢十九世纪兰姆写的散文。兰姆很像一个中国文人，生活不富裕，家里有病人，后来还遭遇了家庭惨剧，然而嗜书如命，喜欢咬文嚼字，生活在想象世界里，写一手古雅风趣的文章，成为小品文大家。他的影响持续到二十世纪。有一阵，连伦敦《泰晤士报》都每天要登一篇用兰姆式小品文笔调写的“第四则社论”。

现在的情况是：这一类小品文几乎见不着了。

过去人们喜读英文中的文论，就是报纸杂志上的书刊评论文章，这些文章常常写得既有见地又有文采。这背后也是有一个长远的传统。英国好的文学批评家往往就是创作家，不大谈高深理论，但能道创作甘苦，文章看似写得漫不经心，实则娓娓动听，这时候再来几个警句，点破人生或艺术里的秘密，也就格外令人难忘。

最近看看英国报刊上的书刊评论，也发现精彩之作少了。二次世界大战之后，伦敦文坛上还有息里尔·康诺利、乔治·奥威尔、雷蒙特·莫蒂默、V.S. 普里切特等人的好文论，《泰晤士文学副刊》上的长篇评论也往往清新可诵，现在则后者也像美国学院派文章一样，充满了啰唆句子和抽象名词。

而在美国，像过去艾特蒙·威尔逊那样写得有深度有文采的文论家也少见了。

那么，是不是英文散文碰上了危机呢？

也不是。因为兰姆式小品文的衰落不等于小品文本身的衰落，文绉绉掉书袋的文章少了，在别的方面倒是有了开展。就说山水小品吧，在美国有 E.B. 怀特的名篇《再到湖上》，它写得很实在，对风景、人物以至水里的鱼都观察得很细致，但同时也写心情，尤其以今天的父亲去回忆昨天的儿子，时间重叠，光影交叉，恍恍惚惚，但又出之于自然冲淡之笔。这当然是四十年代的作品，但怀特一直没有停笔，到不久前死去，已经造成一个广大的“崇拜者圈”。他写人生多于山水，而人生中社会风尚以及政治事件都曾触及，对于忠诚宣誓和调查非美活动都曾提过抗议，是一个梭罗型的民主派隐士作家，属于独特的美国传统。

美国写这类小品文或杂文的作家颇不少，主要发表处似乎是《纽约人》《哈泼斯》《星期六评论》《民族》《新共和》《全国评论》，当然还有《大西洋月刊》。七十年代初期，《大西洋月刊》登载了一系列短文，总共48篇，作者叫L.E.息斯曼，是一个患有何杰金氏病（或称淋巴肉芽肿）的青年。病是不治之症，37岁发现，48岁死亡，但在此之前，经过初期的惶惑不安，他安下心来写作，短短十年间出版了3本诗集、45篇书评和更多的杂文。息斯曼自己说，对于他，医生的宣告“不是幕布下降，而是幕布再度上升了”。他不只写病中心情，还谈许多日常题目，也能针砭时弊，如点出美国许多人讲究性的能力的虚幻。

最近几年来，杂志文章中仍有情文并茂之作，就是纪实之作也有写得绝好的。这里只举一例。大约一二年前，《纽约书评》在不显要的地方登了一文，记述牛津大学评议会否决授予英国首相撒切尔夫人荣誉博士学位的辩论情况。文章引用了教师们和学生代表的当场发言，说明否决主要针对撒切尔政府削减教育和科学研究经费的政策。作者是牛津一个学院的院长，本人是法学教授，深以英国科学不景气的现状为忧——“过去傲然居世界前列，不久将沦为文明世界的乞丐”——笔锋带了情感，所以写得认真而又锐利。这种否决，也许对于重实利的官府人物不起多大作用，却带给世界上的知识界一点安慰，由于他们的英国同行在要紧关头不含糊，用大学所能用的方式表示了大学的愤怒。

这类文章的考验在于：时过境迁之后，是否还值得一读？写得好的，如牛津院长的那篇，由于有牛津文科导师制下特有的训练，即周复一周地写小论文，既注意言之有物，又讲究言而有文，可能五年十年之后还经得起重读的。

散文也在开辟新的土地。就英文散文而论，似乎有三类新作品值得一谈。

第一，妇女作品。女权运动在美国社会影响之深，有非我们所能想象的。如今妇女写文章，专写她们真实的感觉、看法，不管你们男人赞成不赞成，欣赏不欣赏（而二十世纪初，英国卓越的女散文家弗吉尼亚·吴尔夫即使写已有女权思想的文章如《一间自己的屋子》，也还是希望能有高雅的男人来欣赏的)。这样一来，妇女的聪明才智得到解放，看问题常有特殊的敏锐性。名家如苏珊·桑塔格、琼恩·迪甸、埃居里安·里奇等人都写了出色的散文。桑塔格的成名作《反对阐释》(1964)认为对于一件艺术品，阐释仅涉及枝节，真正需要的则是体验其全部，而要做到这个，不能只靠用头脑去“建立一个‘意义’的影子世界”，而必须用感觉、警惕性、赤子之心。这对于以阐释起家、当时犹有余势的“新批评”是一大挑战。近来她又出版了《论照相》(1977)、《病之为喻》(1978)等散文集子，继续发表独特的见解。她的风格是完全现代的，但不谈私事，倒是充满了警句，例如：“照相是一种挽歌式的艺术，一种黄昏的艺术”，“一切相片都是死亡的留念”，“想长得美并不错，错在将美当作一种责任”，等等，有点培根的遗风。

第二，科学家作品。有所谓科学小品，如斯蒂芬·杰·古尔德所写的科学随想，发表在《自然史杂志》上，后来集成一书，题名《从达尔文起始——自然史沉思录》(1977)。作者在哈佛大学教生物学，是科学内行，又有历史家的眼光。他提出一个问题，即：达尔文在确立了进化论之后，为什么迟了二十年才发表？古尔德说，这是因为他清楚进化论的含义比一般人所意识到的更为离经叛道，即“物质是一切存在的要素，一切心理的和精神的现象都是它的副产品”的道理，也就是哲学唯物主义。正因如此，所以“十九世纪最热情的唯物主义者，马克思和恩格斯当即认识到达尔文所取得的成就，并且立即将其激进的内容加以利用”。

科学家能文者当然不止古尔德一人，还有雅各布·勃朗诺斯基，他的作品《人的上升》(1973) 原是 BBC 电视节目的解说词，后来成书，实是一部用优美散文写的科学发展史。李约瑟的《中国科技史》不仅是学术巨制，其中也有好散文，例如这样一段：

> ……在一个官僚主义化的、重文学的社会的世界观的激励下，学者们竭尽全力去研究历史学、语文学、考古学，结果不是产生西方那种足以改变时空世界的可怕力量，而是建立起一个巨大的学问结构，其中尽是关于一个民族的过去的知识。只是到了晚近两世纪，欧洲才有勉强能与之相匹的同样结构。

1704 年 7 月 9 日，这一学问结构的最伟大的建造者之一的阎若璩在北京病了。这病只消用后来近代科学发现的一种药的几个毫克就可治愈，可是他却长眠了。这一图景既说明了中古中国人文主义的高贵，也说明了它的弱点。

在这里，作者把中国与西方、中世纪与近代世界一串联，一对比，就给了读者一种历史的透视，写得戏剧化，而且促人深思，真所谓余音不绝。可见好文章不一定出自“文章家”，文采首先是思想和想象力的光彩。

第三，利用现代音响设备和传播工具而出现的新品种，如“口头历史”，广播或电视节目上的演讲、访问记和专题系列播出种种。“口头历史”在美国的大家之一是斯透兹·特克尔，其成名作是《工作》(1972)。特克尔带了录音机访问各界人士，回来整理所录谈话就成了本书，其最大特点是真实：真实的生活，真实的口语。生活多苦辛，但也不乏令人宽慰的现象：一个药店小伙计由于关怀人和细心服务成了附近一带居民的义务医药顾问，一个面包房的经理把热腾腾的刚出炉的面包免费送给附近贫民，一个教授太太尽义务把图书馆的破旧老书修补如新，一个妓女也侃侃而谈，认为她也是在“演出当代美国妇女的命运”……尽管那是一个特别讲究“权力关系”(即谁支配谁)的社会，各色各样处于下层的人仍然生气勃勃，拒绝向恶势力低头。比特克尔略早几年，英国也有罗伯特·布赖斯写了一本《埃肯菲尔德——一个英国乡村的写照》(1969)，也是如实记下了村民的谈话(特别是一些正在迅速消逝的古老行业的残存匠人如铸钟、盖草屋顶的老匠人的谈话，几乎带有挽歌的情调)，也是略加整理的口语。口语不免芜杂，破碎，东拉西扯，但又活泼，生动，直截了当，还有一种音乐美——正是今天的录音、录像、广播、电视使我们能够坐在家里欣赏各种声调，或柔和，或甜美，或清脆，或激越，真所谓“圣洁的人的声音”，而听一节好的谈话或对话，其愉快非戴着老花镜去读蝇头小楷所能比拟的。至于像英国电视上的系列播出，如《人的上升》《文化》《不稳定的时代》等等，讲的人是专家，题目有吸引力，又配以彩图、音乐及其他声响效果，更是综合而成一种新的高尚的文艺形式，而其核心则是好的口头散文。

看来口头、笔头，书本气、电声化，群众爱好、个人趣味等等会并存一个时期，各自发展下去，不断开拓新的领域。散文的妙处正在其适应性大，变化无穷。变化也是一种磨炼，磨炼得多了，散文也就更加硬朗，更加灵活，能把叙述、讲解、说理、辩论之类的实事做得更好，同时又能巧妙地、有感染力地抒情，挑逗，刺激，作清谈，写玄思，制造奇幻的梦。

The Modernists of Kunming

A small group of poets and writers showed the lea[illegible]
influence of the European modernist movement and they were centred [illegible]
Associated University in Kunming.

This University, Lienta for short, was remarkable in s[illegible]
It trained many of China's top scientists, two of whom [illegible]
Nobel Prize for Physics in the middle 50s. It has a strong [illegible]
And it had a stronger college of liberal arts, with such well[illegible]
on its faculty as Wen Yito, characteristically brilliant poet & scholar of classical [illegible]
Chu Tzu-ching, essayist of nation-wide renown, Lo Chang-pe[illegible]
and a host of lesser lights

The Department of Foreign Literature [illegible]
than scholars in both the faculty & the student body. [illegible]
these university [illegible] 1938, when the institutions which had [illegible]
from their old campuses in Peking & Tientsin, the young [illegible]
graduates towards William Empson, then a young man in his early [illegible]
already famous as a writer of intellectual verse of the most d[illegible]
author of that [illegible]
influential book, Seven Types of Ambiguity. A shy m[illegible]
to talk about his own work, but gave a course in contemporary [illegible]